LA MALÉDICTION DE LA MÉDUSE

ÉRIK EMPTAZ

LA MALÉDICTION DE LA MÉDUSE

roman

BERNARD GRASSET
PARIS

A Marion.
En mémoire de France.
Pour Elvire et Charles.

« Des trois Gorgones, seule Méduse était mortelle. »

H. G. Rose

« Avoir faim, c'est avoir conscience d'avoir faim. »

Jean-Paul Sartre

CHAPITRE PREMIER

L'aube se lève à peine et le cri des mouettes dans la ruelle me raye les tympans. L'hôtel est borgne et j'y suis seul. Tiré d'un sale sommeil par le bruit d'une bouteille éclatée sur les pavés et l'écho des injures de deux marins ivres qui se battaient sans conviction sous mes fenêtres, je ne parviens pas à me rendormir. Dans la semi-pénombre de la chambre, je me sens nauséeux. Un miroir dont le tain craquelle me renvoie mon image qui n'en finit pas de se lézarder : celle d'un garçon de 27 ans, grand, maigre, triste et mal rasé, que la vie vient de cabosser.

Voilà moins d'une semaine, j'étais à Paris dans un grand lit. Je ne me retournais pas sur la paillasse d'un bouge du port de Rochefort et mon nom n'était pas inscrit à la plume sur une feuille de route militaire. A mes côtés, Gabriele avec son sourire encore endormi, ses fesses rondes et sans défaut, palpitante de vie... C'était avant, c'était hier et ce ne sera plus jamais. Elle est morte et je m'apprête à partir sans trop savoir où je vais.

Tout a commencé mercredi dernier. Je l'ai attendue trois heures, elle n'est jamais venue. J'ai tout imaginé, mais pas un seul instant que la mort l'avait retenue. Pour fuir la pluie et abriter mon agacement puis mon désarroi, j'ai fini par entrer dans un tripot du port dont je n'avais auparavant jamais songé à pousser l'huis. J'ai plongé dans un autre monde et dans une histoire qui ne me ressemble pas. Mon amertume d'amant bafoué a très vite viré au roman à deux sous. J'ai bu du vin, du rhum et du tafia comme un vrai marin triste et je me suis soûlé comme un saligaud. J'ai offert force pichets à tous les soiffards de l'endroit pour les remercier d'écouter mes lamentations. Solidarité de comptoir, compassion du litron... En quelques lampées, j'étais à la vie à la mort avec tout le monde. Je n'ai vu passer ni le temps, ni mon argent. J'avais de moins en moins de peine et de plus en plus d'amis : « Viens avec nous mon gars, oublie-la, ta donzelle ! Là où qu'on va, y en a des bien plus belles... » J'ai bu encore, et beuglé en chœur avec les assoiffés. Trop tard pour reculer : aviné jusqu'aux yeux, j'ai fini par les suivre. Ils allaient s'enrôler pour l'Afrique, eh bien moi aussi. Adieu Gabriele, à moi la marine !

« Nom, prénom ? Tu signes ici...

— Savigny... Jean Baptiste, mes amis m'appellent Sav... » Bavant de vinasse et de reconnaissance, j'ai répondu en articulant de mon mieux avant de signer des deux mains sous les vivats de mes compagnons de beuverie. C'est au moment où il me tendait ma prime d'engagement que le sergent recruteur m'a retenu par la manche : « Dis-moi, l'échalas, attends un peu, tu sais pas boire mais tu sais lire et écrire ? » Des derniers enrôlés, j'étais le seul à ne pas avoir apposé une croix mais signé de son nom. « Et même qu'il sait tailler dans le gras vu qu'il sort de l'école de médecine ! » Le sergent a avisé son supérieur le plus proche. A pareille heure, il s'agissait d'un major des services de santé. Mes rencontres de taverne lui ont confirmé que je leur avais parlé d'études de chirurgie. C'est du moins ce qu'on m'a raconté car je n'ai vraiment repris conscience que dix heures plus tard, avec la sensation qu'un maréchal-ferrant me redressait la boîte crânienne au marteau. De fait, un barbu ventripotent me malmenait les oreilles : « Certes vous avez eu tort de vous arsouiller comme un Breton mais, pour partir, vous avez fait le bon choix, Nouveau Monde, nouvelle vie, apposez votre nom ici ! » Encore signer, sûrement pas ! C'est pourtant ce que j'ai fini par faire. L'homme était un médecin de l'armée, il avait vérifié mon diplôme de l'école de médecine de Rochefort et n'a pas tergiversé pour m'expliquer la situation. Le marché était clair : ou je devenais comme mes amis d'estaminet, simple soldat dans le régiment du Sénégal pour une durée de cinq années avec une solde de 150 francs par mois. Ou j'acceptais, pour une durée similaire, un poste au service sanitaire de l'expédition du Sénégal, guère plus rémunéré, mais correspondant mieux à mes capacités ! Tout autre choix serait assimilé à une désertion, crime puni de la peine de mort ou, ce qui n'est guère plus clément, des travaux de force au pénitencier de Rochefort, etc. C'est ainsi que je suis devenu, comme l'indique ma feuille de route, « le volontaire Savigny Jean Baptiste » et me retrouve : « chirurgien surnuméraire de troisième classe à bord de la frégate *La Méduse* ». A ce titre, et à compter du 7 juin 1816, c'est-à-dire de ce matin, je devrai veiller avec un soin particulier à la santé des hommes de la « Société philanthropique des explorateurs du Cap-Vert ». Cette raison sociale exotique compense l'intitulé subalterne de ma fonction, mais ne change pas grand-chose à ma situation.

Par l'interstice des volets, j'aperçois la mâture courtaude de la barcasse à voiles qui doit m'amener par la Charente du port de Rochefort à l'île d'Aix où sont ancrés les vaisseaux de l'expédition. Je ne sais rien de celui sur lequel je dois embarquer, seulement son nom : *La Méduse*.

Funeste idée que celle d'affubler une frégate d'un symbole si peu aimable ! L'évocation de ce monstre mythologique à la chevelure infestée de serpents ne me plaît guère. Et il ne me paraît pas du meilleur augure : on dit que cette créature transformait quiconque la regardait en pierre ! Quant à la version gélatineuse et urticante de l'animal qui s'échoue mollement sur les rivages, sacré modèle pour un bateau ! J'espère qu'il est solide, au moins !

Je dois me présenter avant 12 heures au chirurgien-major. J'ai la gorge nouée. Je repense à ces jours où tout était prétexte à s'enlacer, ne quittant les draps que pour avoir le plaisir de s'y replonger... Gabriele s'est retournée, sur le dos, un genou relevé. Elle m'agrippe, et m'enfonce en elle sans préambule. Elle se donne et je la prends comme si j'allais la perdre, avec cette énergie désespérée que seule engendre la certitude intime et partagée de faire l'amour pour la dernière fois. C'est brutal et brûlant... Cent fois nous avons fait l'amour comme si nous allions être séparés dans l'instant. Un jeu dont ni l'un ni l'autre nous ne mesurions combien il était prémonitoire. Je ne sais si, d'où elle se trouve, Gabriele me voit. Je veux le croire, la sentir toute proche, comme une aura bienveillante. C'est puéril, mais cela m'aide à combattre le vertige de l'absence. La jarretière de soie qu'elle avait pour s'amuser passé à mon bras la première fois où nous nous sommes quittés serre toujours mon biceps. « Un lien sacré, avait-elle lancé en riant, maintenant entre nous c'est à la vie à la mort. » La mort, la mort, la mort. La mort stupide comme un cheval qui s'emballe, la mort soudaine sur le siège de moleskine d'une berline retournée dans un champ de blé mûr. Je voudrais cesser d'y penser. Oublier l'accident, évacuer les scories funéraires qui entachent ma peine : cette dernière vision d'elle dans un cercueil ouvert, et moi comme un voleur au fond d'une église sinistre. Respirer son odeur de stupre et de fleur d'oranger, pas ce mélange âcre et tenace de cierge et de fumée d'encens, de roses mortuaires et de lys écœurants. Oublier cette vision d'elle si pâle, si irréelle, dans l'apparat ridicule et solennel d'un catafalque noir. Ce visage au teint cireux d'image pieuse, enchâssé dans une boîte de chêne à poignées d'argent devant laquelle on s'incline en rang. Ne garder que notre complicité d'esprit, la connivence de nos corps. Cesser de me morfondre, de diluer le malheur dans les mots... passer à la suite. Elle aurait fait ce choix : la fuite en avant pour ne plus regarder en arrière. Il me reste une heure à peine avant de rejoindre le bord. Je vide le broc dans la cuvette de porcelaine fleurie qui encombre la table de toilette et y plonge la tête. L'eau est froide, j'y reste jusqu'à manquer d'air.

CHAPITRE II

Nous sommes le 10 juin 1816 et je n'ai toujours pas posé un pied sur le bateau. La « Taverne du marsouin qui fume » pourrait sans difficulté s'appeler celle du merlan qui pue, tant l'odeur du poisson frit vous saisit le nez dès l'entrée. Les murs bas sont brunis d'une crasse graisseuse patinée par le temps et l'attrition. Assis autour des lourdes tables de bois sombre, sur lesquelles s'entrechoquent gobelets de vin et plats de poiscaille fumants, des soldats, des marins, des gardes-chiourme et des catins du port s'empiffrent et s'apostrophent dans un brouhaha enfumé.

A des crochets de fer fichés dans les solives, sont pendus des andouilles et deux jambons. Je lorgne celui dont l'entame est emmaillotée dans un torchon taché. J'ai faim.

Il faut gueuler pour se faire entendre et c'est ce que fait l'homme qui m'a amené ici, un nommé Miosec, sous-adjudant au pénitencier de Rochefort : « Eh, la Marinette ! R'mue-toi un peu les viandes ! A c't'heure on veut du fricot et puis de quoi trinquer... Trouve-nous d'la place et tout ça pour mon ami l'médecin et pour moi, sans quoi y aura du fracas ! » Avant d'entrer, le garde-chiourme m'a confié avec un clin d'œil appuyé qu'il avait « bien connu la gargotière dans ses belles années ». Au ton dont lui répond cette dernière, une solide rousse à l'œil toujours vif et au corps bien campé, il n'est pas certain que Marinette ait conservé un souvenir ému de l'affaire : « Dis donc, c'est pas un sous-argousin décati qui va m'dire ce que j'dois faire. T'avise pas de me r'causer comme à tes forçats, sinon c'est sur l'bonnet qu'tu vas l'avoir, ta soupe ! » En voyant mon air gêné, elle se radoucit : « Faut pas m'en vouloir, le jeune gentilhomme, mais vot' compagnon, à force de surveiller les doubles chaînes, il nous parle comme à sa chiourme... »

De ses doigts courts, épais comme des saucisses, Miosec se contente de tirer sur sa moustache qu'il a plus fournie que la repartie. Ses petits yeux bleus rapprochés et chafouins s'animent seulement lorsque la gargotière revient avec deux grosses écuelles de grès pleines d'une épaisse soupe de poisson au fumet vigoureux et un lourd pichet empli d'une piquette astringente.

Miosec a la charge des trente forçats affectés au chargement de *La Méduse*, sur laquelle j'attends encore d'embarquer. Le chargement a pris du retard. Une partie des vivres et du matériel scientifique n'est toujours pas arrivée au port et, du coup, les forçats qui devaient remplir les soutes et les cales de *La Méduse* se retrouvent sans ouvrage. En ma qualité de chirurgien surnuméraire de troisième classe, c'est-à-dire de « dernier arrivé dans le grade le moins élevé », je suis contraint de rester à Rochefort et d'attendre l'arrivée des caisses avec ce Miosec pendant que mes supérieurs ont quartier libre.

Le crâne dégarni caché par le bonnet de drap bleu inhérent à sa fonction et la poitrine ceinte d'une écharpe jaune, mon garde-chiourme n'a guère d'autre sujet de conversation que le bagne. De la soupe plein les moustaches, il vide son écuelle à grand bruit en m'expliquant la signification des lettres « TP » cousues sur les chemises rouges des forçats enchaînés dont il partage la garde avec un sergent-major. Les TP ce sont les perpétuité, les travaux forcés à vie, à ne pas confondre, avec les TT, les travaux forcés à temps. J'ai beau avoir souvent croisé sur le pavé du port des cohortes de ces pauvres bougres en chemise rouge et culotte orangée, le crâne rasé sous un bonnet marqué de leur numéro de matricule, traînant de lourds sabots et leurs chaînes aux maillons allongés, j'ignorais ces détails et j'acquiesce, l'air captivé. Un peu trop, sûrement, car Miosec encouragé, reprend un second bol de soupe et en rajoute sur les particularités techniques et lexicales de son peu aimable métier. Il entreprend, tout rengorgé, de me décrire le fonctionnement du bagne de Rochefort et de ses grandes salles calquées sur les ponts des galères : « T'as une double rangée de bancs de bois : les taulards qu'on appelle ça et les gars on les enchaîne au ramas, une grande barre de bois qu'est comme une rame. Manque que les coups de fouet, mais pour les récalcitrants t'as la bastonnade, c'est pas des coups de bâton comment que tu pourrais croire, c'est des coups de corde et si ça suffit pas à leur faire entendre raison, là y sont bons pour la double chaîne. » La « double chaîne », c'était sa spécialité au sous-adjudant avant qu'il ne soit affecté à *La Méduse*. Il s'occupait de ces récalcitrants, des incorrigibles enfermés dans une salle à part. Attachés jour et nuit par deux chaînes : une à la taille, l'autre à la cheville leur autorisant trois pas tout au plus. Ceux-là ne sortent pas même dans la cour, ils filent du chanvre pour la corderie ou tressent des boîtes en paille. Mais Miosec en avait « assez de rester enfermé dans la cachemate », il a demandé à être muté à la surveillance de la « grosse fatigue ». Autrement dit, celle des forçats affectés aux travaux pénibles de l'arsenal ou du port, comme ceux qui ont été préposés au chargement de *La*

Méduse. Le vin et la fumée aidant, je ne sens plus l'odeur tenace qui m'a assailli dès l'entrée. Je somnole à moitié en écoutant Miosec qui m'agace à répéter à tout bout de phrase : « mon ami l'médecin ». Je ne suis pas son ami et il me rappelle ces chiens ou ces chats qui d'instinct vont se coller aux pieds ou sur les genoux de ceux qui ne les apprécient pas. Mais comme ses explications incessantes m'empêchent de trop penser à Gabriele, je me laisse bercer par le babil.

Nous sortons dans le soir sans vent et passons devant l'Auberge de la Coquille d'Or où logent les gens de l'état-major. Moi je dors au bagne, Miosec a été chargé de mon hébergement et je me sens prisonnier. La rue étroite qui mène au port a beau être encombrée de marins à la recherche d'un coup à boire ou à tirer, de portefaix, ou encore de maraîchères à carrioles comme celle qui vient de me proposer « des fraises de Plougastel pour toi mon beau jeune homme », je trouve le port sinistre. Pourtant ce soir, il semble particulièrement animé.

Autour d'un des bateaux qui vont à l'île d'Aix, une masse compacte pousse force cris d'encouragement. A qui, à quoi ? D'où nous sommes, je ne parviens pas à distinguer ce qui crée cette soudaine effervescence. Ce ne sont assurément pas les forçats de Miosec puisque en attendant de pouvoir reprendre leur ouvrage, ils sont restés sous bonne garde au Port des Barques, en face des bateaux de l'expédition. Non c'est... une vache. Une grosse vache laitière blanc et noir qui meugle tant et plus.

Elle a les pattes et les pis coincés dans le filet à l'intérieur duquel des hommes de la barcasse, à l'aide d'un palan, essayent de la hisser à bord. La vache n'est pas seule. Ce n'est plus un quai d'embarquement, c'est une véritable ferme ! Une vingtaine de moutons regroupés par deux gamins dépenaillés dont l'un répète aux badauds que c'est « eu'l troupeau pour les bateaux d'Afrique » attendent leur tour. Ils ignorent du plus profond mépris six énormes cochons, un rien obscènes avec leur panse rose, velue et leur groin maculé. Au milieu des porcs, dans des caisses en bois à claire-voie, des poulets poussent des cris déchirants à croire qu'on les égorge. Ce qui risque tout de même de leur arriver prochainement.

En attendant, le spectacle continue. La malheureuse vache ballotte toujours dans son filet, de plus en plus affolée par les encouragements stridents que les badauds lui lancent. Est-ce l'effort ou l'émotion ? En tout cas « la Noiraude », c'est ainsi que l'appelle son propriétaire, laisse échapper une bouse impressionnante qui, sous les vivats, manque de peu la tête de l'infortuné paysan, mais macule son pourpoint. Le pauvre, tout en levant un poing rageur, rit bien sûr beaucoup moins que la foule des curieux dont nous sommes.

Je n'entends pas grand-chose aux vaches, mais je sais leur parler. C'est ce qu'admettait à contrecœur Eloïse, mon amoureuse. J'avais 10 ans et elle un de plus. Dans le grand pré derrière la maison de son père où paissait le bétail du fermier voisin, nous imitions le meuglement des vaches. Eloïse avait beau s'époumoner, les Normandes continuaient à mastiquer leur pâture sans même lui jeter un de ces regards abrutis dont elles ont le secret. En revanche dès que je me risquais à cette bovine imitation, une, deux, trois bêtes, comme pour me répondre, meuglaient à leur tour. Le gamin de la ville que j'étais n'en était pas peu fier. C'est en grande partie, grâce à cette disposition vocale qu'Eloïse m'avait autorisé un baiser sur le nez. Des années plus tard, quand j'ai rencontré Gabriele en Gascogne chez une amie de sa mère qui possédait une volière, j'ai voulu pour l'épater imiter des oiseaux siffleurs d'Extrême-Orient. Ce fut un solide fiasco. Enfin pas totalement puisque, après m'avoir accusé de ne savoir parler ni aux filles ni aux moineaux, elle m'avait conseillé de me taire et de l'embrasser… Mais à quoi bon repartir dans les souvenirs ?

CHAPITRE III

Les nuits sont courtes et moites, les journées me semblent interminables. Nous sommes le 14 juin, cela fait trois jours que j'ai embarqué mais *La Méduse* est toujours à l'ancre. En partance sans partir, je n'ai pas le mal de mer, j'ai celui du pays qu'il me tarde pourtant de quitter.

Des barques sont encore arrimées à la coque. Sous l'œil vigilant d'un argousin armé, quatre forçats en sueur, leurs chaînes pendant à la ceinture, hissent les dernières caisses qui ont l'air fort pesantes. Comme si ces pauvres bougres allaient sauter à la mer pour s'enfuir à bord d'un tonneau. Je suis de méchante humeur. Ma seule satisfaction est d'être débarrassé du garde-chiourme. Miosec est retourné à terre en me disant qu'il m'enviait. Qu'ont-ils tous à me seriner que mon départ est une aubaine quand c'est un crève-cœur ?

Hier, c'est un marchand des quais de Rochefort qui me faisait l'article : « Ah, *La Méduse*, quel beau bateau ! 47 mètres de long, 12 mètres de large, avec la coque renforcée par des plaques de cuivre », je ne mesurais pas ma chance d'avoir l'honneur d'embarquer sur un « si fier bâtiment ». Le commerçant connaissait par cœur les cotes et les dimensions du navire et même le chantier de Paimbeuf où il a été assemblé : « Ces frégates-là, même sans donner toute la toile, ça vous rallie les Antilles en vingt-cinq jours, peut-être moins ! » A condition de larguer les amarres !

Immobile, la grosse frégate n'en a pas moins fière allure, avec sa coque de bois presque noir et son nom gravé en lettres d'or. A côté d'elle, les autres bateaux de l'expédition *La Loire*, *L'Argus* et *L'Echo*, une flûte, un brick et une corvette ont l'air petits et patauds. Plusieurs fois déjà, l'ancre a été remontée, le cliquetis de chaîne a donné à chacun l'espoir de mettre enfin les voiles, mais si les manœuvres étaient bien réelles, l'appareillage ne l'était pas ! « Problème de passagers, de chargement et difficultés administratives », m'a précisé un officier au visage grêlé de petite vérole à qui, en échange d'un cordial pour calmer sa nausée, j'ai demandé des explications. Pour ce qui est des lenteurs de l'administration, je confirme. Il m'a fallu des heures de tractations et pas moins de 12 signatures pour réceptionner les caisses de matériel médical. Mais bonnes ou mauvaises, je me fous des raisons de notre retard, à certains moments, voir la terre si proche et de ne pouvoir m'y rendre est presque insupportable. Je m'efforce à l'activité pour n'y point trop penser. Je ne connais pas encore grand monde à bord. Trois jours passés avec Miosec et ses forçats m'ont certes beaucoup renseigné sur le monde carcéral et sur ses habitudes (j'ai même appris que le garçon d'amphithéâtre de l'école de médecine était un forçat), mais, du coup, je n'ai guère eu le temps de lier connaissance avec mes compagnons. Quant aux contacts avec mes supérieurs, ils sont réduits à leur plus simple expression. Le chirurgien Follet est installé avec l'état-major, il m'a juste prié de prendre soin des passagers souffrant du mal de mer.

J'ignore combien nous sommes à bord. « Pas plus de trois centaines mais cosmopolites comme une armée du petit Corse », m'a affirmé un jeune lieutenant. Les officiers ne disent plus « l'Empereur ». Même ceux qui ont cru à son retour pendant la première Restauration. En revanche, dans la troupe entassée au milieu des canons de l'entrepont, Waterloo ou non, Napoléon a toujours droit à sa couronne impériale. J'ai pu le constater en soignant tout à l'heure un Piémontais dont la main était clouée sur une table par un long couteau qu'il appelait sa sacagne. Il jouait à ce jeu idiot, mais fort apprécié des soldats et des matelots, qui consiste à poser la main à plat sur une table, à écarter les doigts et à planter de plus en plus vite sa lame entre, sans les toucher bien sûr. Quand j'ai retiré le couteau, le Piémontais a crié « Vive l'Empereur ! » et parmi les quelque cent cinquante soldats des deux compagnies cantonnées dans les batteries, plusieurs dizaines ont aussitôt repris en chœur. Miosec aussi, entre deux histoires de bagne, m'avait parlé de l'Empereur. Lui, l'avait vu en chair et en os, mais pas au sommet de sa gloire. C'était le 15 juillet de l'année dernière sur ce même port de Rochefort quand les Anglais ont embarqué le perdant de Waterloo pour Sainte-Hélène. La fin d'une époque.

A ceux qui n'ont pas le pied marin et me sollicitent, je prescris essentiellement de ne pas rester l'estomac vide. En trois jours de roulis, j'ai ainsi croisé des officiers supérieurs, une cantinière espagnole, un canonnier vétéran d'Aboukir, un vendeur allemand de bimbeloterie et colifichets et un domestique martiniquais, mais le dialogue a été réduit... Tous ces gens avaient plus envie de vomir que de parler !

A défaut de conversation j'en ai profité pour me repérer sur ce bateau. 47 mètres de pont, ce n'est pourtant pas si long, surtout quand l'endroit est encombré de mâts, de cordages, de tonneaux et de caisses qui n'ont pas encore été descendus dans les cales. Mais c'est justement ce grand désordre qui fait que l'on s'égare facilement. D'autant qu'au milieu de tout ce bric-à-brac errent de nombreux passagers qui viennent de monter à bord sans avoir de place attribuée. Certains s'énervent en vain. D'autres, assis sur leur barda, attendent, fatalistes ou désespérés, que les marins reconnaissables à leurs chemises blanches et leurs pantalons bleus leur dégagent un recoin dans les batteries. Car c'est là, deux niveaux sous le pont principal, que sont installés d'office les derniers arrivants. Les canons ont été poussés et des paillasses ont été déroulées à même le plancher. La lumière entre par les sabords qui pour l'instant sont relevés. En mer, ce sera sans doute une autre affaire.

Si tous sont sur le même bateau, chacun n'est pas logé à la même enseigne. Après avoir vu les conditions plus que sommaires dans lesquelles sont entassés tous ces gens, je ne me trouve pas trop mal loti dans mon coin d'entrepont. Rien à voir avec les cabines équipées de vrais lits et fenêtres dont disposent l'état-major et le gouverneur, à l'avant du bateau. Moi, j'ai un « cadre ». Un objet dont j'ignorais l'existence et l'usage avant, nécessité oblige, d'en faire l'emplette. Le cadre, c'est une sorte de tente suspendue dont le châssis de bois fait office de lit de camp. Cela évite une trop étroite intimité avec le bois humide, mais aussi avec les compagnons de voyage dont certains n'ont que leur chapeau sur les yeux pour s'isoler. « Le cadre c'est le confort du marin, l'aubaine du grand voyageur », m'a récité le petit homme barbu qui me l'a vendu à Rochefort, près de la corderie royale. C'est, bien sûr, beaucoup dire, mais je profite d'une quiétude pas désagréable dans cette couche de fortune censée aussi amoindrir les effets du roulis. L'objet est en grosse toile de voile, « armature acajou, mousqueton inaltérable, c'est le modèle "amiral", vous en serez ravi, je vous offre le sac de couchage, le matelas est fourni », a encore argué le vendeur avant de me délester de 50 francs.

Pour l'heure, j'essaye de m'assoupir. Surtout ne pas penser à Gabriele, ne pas sombrer à nouveau dans la mélancolie comme hier. Sur le pont, je m'efforce de regarder seulement vers le large, le phare et l'horizon, pour échapper aux souvenirs. Mais cette pauvre tactique est de bien peu d'effet. Je voudrais partir sans me retourner, je me retourne sans partir.

Alors, dans mon cadre, je me distrais à des jeux imbéciles, à de dérisoires rêvasseries. Remplir le temps pour se vider la tête. L'auvent de toile est en partie ouvert et il fait assez sombre dans ce coin d'entrepont, mais je distingue à la lueur du lanterneau plusieurs cancrelats qui s'affairent fébrilement près de ma gourde. Une famille entière, sept gros cafards. Le plus mastoc est tout près de moi. Son corps oblong a cette couleur marron qu'ont les dattes confites, et de longues antennes. Il m'a vu mais ne fuit pas. Ces insectes ont pourtant un extraordinaire sens du danger. Le cafard s'arrête près d'une large tache de cambouis sur le teck calfaté. La vieille graisse de cabestan constitue-t-elle un mets de choix pour les blattes ? La bestiole, en tout cas, s'empiffre. Elle s'avance et, dans la pénombre, se confond avec la tache. Aux aguets, la botte droite bien en main, je m'apprête à la laminer net. Si j'y parviens avant de compter jusqu'à dix, ça me portera bonheur. Un, deux, trois, quatre, cinq... j'entrouvre lentement la toile, prêt à frapper... six, sept... Bienvenue dans l'enfer des cancrelats ! La botte s'abat d'un coup sec, le bruit est anormalement mou. J'ai tapé sur du cuir, une autre botte a écrasé le cafard avant moi !

C'est en entendant son propriétaire se manifester que je comprends ce qui s'est passé : « Désolé mon vieux, je me croyais seul à chasser... » La voix provient du cadre qui se balance à côté et qui était vide hier. Un bras sort de l'ouverture et la tête apparaît aussitôt. Des favoris châtain encadrent un visage quadragénaire aux joues bien remplies : « Corréard, géographe et chasseur d'orthoptères... celui-ci vous appartient ! » dit-il en me tendant sa botte sous laquelle est collé le cancrelat écrabouillé... « Euh, Jean Baptiste Savigny, chirurgien, vous avez été plus prompt que moi, ce trophée est le vôtre! » L'importun que je subodore un rien solennel fait partie de la Société philanthropique des explorateurs du Cap-Vert, sur la santé de laquelle je suis censé veiller, mais dont j'ignore la composition. Lui, en revanche, connaît mon nom, mon grade, mes origines et mes fonctions. Mon sentencieux géographe est un obsessionnel de la précision. Il mesure la température de l'eau, scrute les cieux, sonde les fonds et prend note du tout avec une méticulosité mécanique. Du capitaine aux commis de marine, de l'inspecteur des poudrières et batteries aux boulangers... il sait au mousse près les effectifs et qualifications de l'équipage. Il peut décliner avec le même souci du détail la liste des membres du petit corps expéditionnaire : « Un ingénieur géographe, deux cultivateurs naturalistes : un pour les cultures de nos contrées, un pour les cultures exotiques, un officier de marine, vingt ouvriers sans vous oublier, cher ami de la faculté... » Il n'épargne pas un bouton de guêtre. Et voilà qu'il enchaîne sur ses repas, qu'il prend à la table de l'état-major : « Les mets y sont moins raffinés qu'à celle du commandant mais la conversation y est d'un bien meilleur niveau. Il doit d'ailleurs en être de même à celle des officiers de santé? » Il me suffit, aux lisières du sommeil, d'acquiescer, et l'intarissable poursuit avec le descriptif des cochons, moutons et volailles embarqués à fond de cale pour assurer de la viande fraîche pendant la traversée... « A ces bêtes il convient d'ajouter une vache laitière de... » Mon sommeil est de courte durée car l'infatigable emmerdeur se lève à 5 heures pour piquer une tête dans les flots et faire le tour du bateau à la nage. « C'est revigorant pour les sangs et permet de se laver en même temps. » Et cela évite au voisin de chambrée une glose sur les bienfaits de la charrue à cinq socs pour les cultures vivrières dans le pays de Galam, ou le descriptif technique complet de l'anémomètre à rotation mécanique, voire une étude comparée des mérites respectifs du buffle indigène et de la Noiraude, vache laitière bien-aimée.

CHAPITRE IV

Par la fenêtre de sa cabine, le colonel Julien Désiré Schmaltz, commandant les établissements français du Sénégal regarde la mer. Elle est agitée, lui aussi. Agacé, plutôt. Il vient tout juste d'embarquer et a été accueilli à bord avec les honneurs. Le commandant comme à la parade, les officiers en grand uniforme, les matelots en rang, deux compagnies au garde-à-vous et les passagers dans leurs plus beaux atours. Mais il se moque de l'apparat comme du décor. Les cloisons d'acajou de sa cabine l'indiffèrent autant que le vaste bureau et le petit salon que lui envient pourtant tous les passagers qui ont entrevu l'endroit avant son arrivée tardive. Pour Schmaltz qui a beaucoup navigué, un bateau reste un bateau. Même s'il n'a pas toujours été gouverneur, il a rarement logé dans les cales. Non, ce qui l'agace, ce sont les lenteurs qui se multiplient comme les contrariétés. Le chargement s'éternise.

La chaloupe qui lui servira d'embarcation de fonction sur place est mal calfatée. Il manque des soldats. Reine, son épouse, ne cesse de se plaindre de nausées et trouve que *La Méduse* sent le poisson... Et voilà qu'un de ces abrutis de forçats a laissé échapper à la mer une caisse de ses livres. Heureusement, deux marins ont plongé pour la récupérer. Elle sèche au soleil sous bonne garde au pied d'un des mâts. « Firmin-Didot, rue de l'Université à Paris », l'encre noire de la raison commerciale inscrite sur les côtés de la caisse dégouline. Pourvu que l'eau de mer n'ait point gâté le contenu. Près de 60 livres. Tous sur l'Afrique ! Et la plupart anglais. Schmaltz est au regret de l'avouer car il ne les porte pas dans son cœur, ces « *faggots* » ! Il se fait une joie d'aller leur reprendre Saint-Louis et Gorée. Mais il leur concède une qualité, ils ont de sacrés explorateurs qui n'ont pas traîné pour aller voir l'Afrique de près. Ce Mungo Park par exemple ! Pour un rouquin d'Ecossais, il a droit à tout son respect. D'autant qu'il en est mort, le malheureux. Emporté dans les rapides après avoir été attaqué par une tribu sauvage de la région de Boussa [1]. Dans la voiture qui l'a amené de Paris à Rochefort, Schmaltz a lu en entier *Travels in the Interior Districts of Africa*, le récit de son voyage en 1795,

1. Aujourd'hui le Nigeria.

1796 et 1797 avec en prime la relation de sa *Subsequent Mission* de 1805. Il a même recopié un passage : « Regardant devant moi, je vis avec un extrême plaisir le grand objet de ma mission. Le majestueux Niger que je cherchais depuis si longtemps. Large comme la Tamise à l'ouest de Westminster, il étincelait des feux du soleil et coulait lentement vers l'Orient. » Schmaltz aimerait bien pouvoir parler ainsi du fleuve Sénégal, de Safal ou de Babagué, mais la plume n'est pas son fort. Il se contente d'écrire utile. Ses observations, on ne les lit pas dans les diligences. Seulement au département de la Marine où son style administratif mais précis n'en est pas moins apprécié. Et puis ce n'est pas pour rédiger *Voyage au Sénégal et en d'autres contrées par Schmaltz Julien Désiré* que Dubouchage, le secrétaire d'Etat à la Marine, lui a confié cette expédition. Il s'agit, comme sa lettre de mission agréée par le roi le lui indique en toutes lettres, de tirer de cette contrée, rendue à la France par le traité de Paris de 1814 qui répartit les possessions françaises et anglaises sur la côte occidentale de l'Afrique, « tous les avantages qu'elle peut offrir à la prospérité du commerce du royaume ». Foin de littérature ! C'est du concret qui convient mieux à ses talents. Julien Désiré Schmaltz en est conscient et y penser le détend. Il n'a pas touché à l'omelette qui vient de lui être servie par son domestique, mais il goûte au vin de Bourgogne après avoir mordu dans un morceau de pain que l'air marin a déjà ramolli.

Schmaltz possède à la fois l'esprit militaire et l'âme d'un négociant comme celui que fut avant lui son père, à Lorient. C'est à l'autre bout du monde à Batavia, dans les colonies hollandaises en Asie, qu'il est devenu, comme auxiliaire des forces néerlandaises, sous-lieutenant, puis capitaine du génie. Auparavant, « le sieur Schmaltz » comme le nomme l'administration quand elle ne lui sert pas tous ses titres, avait pas mal bourlingué sur des bateaux de commerce. Madagascar, l'île Bourbon[1], l'Inde et l'île de France[2] où sa mère s'était installée après son veuvage, il a longtemps traîné ses guêtres dans ces lointains territoires. A Surabaya, il avait même ouvert avec sa femme Reine, épousée à Port-Louis, une manufacture. Quand en 1810 Napoléon annexa la Hollande et, avec elle, l'ensemble des colonies bataves, le lieutenant-colonel Schmaltz en fut fort satisfait. Las, quand l'année suivante ces fouines d'Anglais ont attaqué Batavia, le même s'est retrouvé prisonnier de guerre : un an au Bengale, le reste en Angleterre. Le temps d'apprendre la langue par la force des choses.

1. C'est ainsi qu'était alors appelée l'île de la Réunion.
2. Il ne s'agit pas du Bassin parisien, mais du nom donné à l'époque à l'île Maurice.

Bref, les voyages ont formé sa jeunesse et surtout sa carrière, que la captivité n'a pas trop contrariée.

A son débarquement en France voilà un peu plus de deux ans, le roi Louis XVIII qui rentrait lui aussi d'Angleterre l'a fait chevalier de la Légion d'honneur avant de l'envoyer à la Guadeloupe commander Basse-Terre. Encore un bateau, encore un voyage, presque un aller-retour. Schmaltz aimait bien l'endroit, pourtant. Mais les Cent-Jours ont eu tôt fait de mettre un terme à son séjour. Exit Louis XVIII, Napoléon revenait de l'île d'Elbe par Golfe-Juan. Schmaltz aujourd'hui ne regrette pas d'avoir été absent, cela lui a évité de choisir son camp. Une erreur est vite arrivée. Il ne s'en est pas moins retrouvé destitué, puis rappelé en France. Mais à peine le temps de rentrer que déjà les choses s'étaient arrangées. Le Corse envoyé à Sainte-Hélène par les Anglais, le secrétaire d'Etat à la Marine de Louis XVIII propose à Schmaltz de partir avec le grade de colonel gouverner le Sénégal au nom du roi. Cela ne se refuse pas ! C'était le 15 avril dernier, voilà deux mois pile demain. Le colonel Julien Désiré Schmaltz lève son verre à son nouveau poste de gouverneur. Tout ragaillardi, il avale de bel appétit l'omelette refroidie et s'installe devant la large table à cartes qui lui tient lieu de bureau. Il perçoit, au-dehors, les éclats de voix des marins et des forçats qui achèvent le chargement. En revanche, il est isolé des bruits de l'intérieur du bateau et ne s'en plaint pas. Il préfère ne pas entendre les cris et les jérémiades. Les tracas de passagers en surnombre sont loin d'être réglés, les différends sont nombreux. Mais ce n'est pas son affaire. Il laisse les répartitions de hamacs et de tables aux officiers et aux marins. Le gouverneur du Sénégal n'est pas l'intendant du bord. Qu'ils s'en arrangent donc! A leur place, il commencerait par expliquer aux rouspéteurs et aux pleurnicheuses que *La Méduse* avec ses 45 ou 44 canons (il ne sait plus exactement, il faudra qu'il demande au capitaine) n'est pas un bateau de ligne, c'est un navire militaire. Alors il est clair que pour ceux qui n'ont pas de place, ce sera à la guerre comme à la guerre. Ils ne vont pas en mourir. Schmaltz est persuadé que, parmi tous ces candidats au voyage qui vont braver le scorbut et la malaria en espérant que la fortune suivra, nombreux sont ceux qui ont connu des conditions de vie autrement plus rudes que celles qui leur sont proposées sur le bateau. Après tout, ce n'est qu'une traversée de quinze jours. Si toutefois on lève l'ancre sans trop tarder. A cette évocation, en feuilletant machinalement sa longue lettre de mission, le « colonel commandant supérieur pour le roi sur toute la côte depuis le cap Blanc jusqu'à l'embouchure de la rivière de Gambie et chargé de la direction supérieure de l'administration » n'est pas loin de s'énerver à nouveau.

Il n'en a pas le loisir. Deux marins en uniforme bleu et blanc impeccable viennent d'entrer avec sa caisse de livres. Schmaltz les observe, il sait très bien que ce soin dans la tenue sera de courte durée. Il est prêt à jurer que, dans trois jours au plus, ces sacripants auront déjà vendu leur chemise à des passagers ou joué leur culotte bleue aux dés. Pour l'instant c'est comme à la revue. Pas un bouton ne manque. « Faut-il l'ouvrir, Monsieur ? » demande le plus costaud des deux matelots, un blond à la barbe clairsemée. « Oui, mais avec précaution ! » A l'aide d'un pied-de-biche, le marin soulève le couvercle cloué qui s'arrache dans un grincement. La paille et la couche de papier de lin censées protéger les ouvrages sont imbibées d'eau de mer, Schmaltz craint le pire. La reliure brune du premier livre qu'il saisit, *La gomme*, signé d'un nommé Edouard Englebert est tachée mais ses pages sont sèches. Les cartes en couleurs, dont une fort grande de « l'Isle Gorée, et de la côte des bouches de Gambie à Rufisque », paraissent en bon état. Le gouverneur en sort aussi deux éditions illustrées du journal de Mungo Park. Titrée *Voyage à l'intérieur de l'Afrique*, la première est en français. La seconde est un petit ouvrage relié en peau de chagrin, *An Account of the Life of Mr Park*, que

Schmaltz pose sur la table à cartes. Le reste est surtout constitué de livres d'agronomie et d'ouvrages sur l'hévéa. A propos de la gomme justement, avant qu'il ne parte, le secrétaire d'Etat Dubouchage a glissé discrètement à Schmaltz quelques mots sur un de ses prédécesseurs, sous Bonaparte, un nommé Lasserre. Ce dernier avait profité de l'éloignement pour ouvrir sous un prête-nom une compagnie, par l'intermédiaire de laquelle il s'était outrageusement enrichi en détournant la traite de la gomme à son seul profit. « Si j'évoque d'un mot devant vous cette navrante affaire, colonel, c'est que le roi n'aimerait pas que de tels faits se reproduisent. Même s'ils n'ont guère été ébruités. Sa Majesté a bien sûr toute confiance en vous, mais soyez d'une absolue sévérité sur tout trafic auquel des officiers de marine ou des gens de l'équipage seraient tentés de se livrer à titre personnel avec les habitants de la colonie. Ces abus seraient non seulement préjudiciables à la discipline, mais aux intérêts du roi ! » Schmaltz avait pris bonne note en répondant tout de même à Dubouchage que, s'il avait voulu s'enrichir frauduleusement, il n'avait pas manqué d'occasions de le faire avant, et que si l'on doutait de sa probité il était tout prêt à renoncer à sa mission. Dubouchage lui avait dit qu'il ne parlait pas pour lui, mais pour les gens de l'expédition. En y repensant, Schmaltz s'emporte intérieurement. Avant d'empêcher les trafics, il conviendra déjà de se rendre maître des marchés. Et comme les Anglais conservent le droit de poursuivre la traite de la gomme concurremment avec la France, ce n'est pas gagné. Surtout avec cette frégate qui est toujours à l'ancre alors que nous sommes déjà le 14 juin.

CHAPITRE V

Je n'aime pas les mouettes et leur duplicité. Blanc plumage mais bec acéré, prêtes à vous bouffer un doigt pour un détritus ou un poisson crevé. Elles sont une centaine à piailler suraigu dans notre sillage, à nous survoler sans crainte. Elles indiquent la terre comme le vautour la charogne. Je suis maussade. Pourtant l'air de ce 27 juin est doux et le ciel immaculé. Une magnifique falaise de verdure se dresse devant nous. L'équipage a réduit la toile, nous n'allons pas tarder à jeter l'ancre après dix jours de navigation qui m'ont semblé interminables. Nous devions nous arrêter à Madère, mais nous nous sommes contentés de passer près de ses côtes. Je n'ai vu Funchal et Ponta do Sol que de loin. Et il est dit qu'aujourd'hui je ne foulerai pas non plus le sol des îles Canaries. Je dois rester à bord. Seuls le gouverneur Schmaltz et quelques privilégiés de son entourage se rendront en chaloupe à Santa

Cruz. L'égalité civile, la plus belle pourtant des valeurs révolutionnaires n'a, semble-t-il, pas cours chez les militaires. Quant aux privilèges d'un chirurgien surnuméraire de troisième classe, si tant est qu'ils aient un jour existé, ils sont assurément abolis. J'ai certes droit à la table des officiers de santé, mais j'en suis le benjamin, le bleu, l'enrôlé de dernière minute et quand les plats arrivent à moi, il me reste rarement les morceaux de choix. En revanche dès qu'il s'agit de garder le bord, ou d'aller soigner un soldat mal embouché, je suis toujours le premier désigné. Quand tout va bien, je me moque de ces mesquineries, mais, certains jours comme ce matin, la moindre m'atteint. « C'est comme ça pour tout le monde, quand tu seras installé dans la carrière, ça passera », m'a dit un voisin de table pharmacien. Sans doute. Seulement je ne rêve pas de m'installer dans la carrière mais d'en sortir. Je suis là par erreur. Je ne veux surtout pas devenir comme mes supérieurs, la panse distendue de trop de ragoût et la tête emplie de trop de fatuité, à raconter à table cent fois les mêmes histoires d'amputations au sabre ou de trépanations ratées. Pour l'immédiat, le gros de mon activité consiste à dire à des gens qui vomissent que cela va passer. A mettre des bandages sur des mains ou des pieds de marins maladroits. Peu de temps après notre départ nous avons, paraît-il, failli rester sur les brisants au large de l'île d'Oléron. Je dormais comme un sonneur et j'avoue ne m'être rendu compte de rien.

Dans la brise tiède un carillon soudain me tire de ma mélancolie bilieuse. Les cloches de plusieurs campaniles, que nous apercevons désormais distinctement en approchant du môle, sonnent à pleine volée comme pour saluer notre entrée dans le port. Nous traînons dans notre sillage deux filets qui ballottent à quelques mètres l'un de l'autre. Ayant goûté voilà quelques jours d'un thon de belle taille pêché par un officier, j'ai cru que des marins s'y mettaient à leur tour pour agrémenter l'ordinaire. Il n'en est rien, m'a indiqué l'un d'eux, c'est la blanchisserie. C'est ainsi que les matelots lavent leurs effets. Les sonneurs de cloches de Ténériffe savent-ils qu'en même temps que les navires du roi de France, ils saluent la lessive de ses marins ?

Nous sommes à portée de pistolet de Santa Cruz et un long canot nous aborde par bâbord. Deux matelots déroulent une échelle de coupée en haut de laquelle je vois bientôt apparaître un homme vigoureux, le visage marqué par le soleil et une barbe de plusieurs jours. Il s'adresse aux officiers qui ont rejoint les deux marins : « *Hola señores ! Soy el pilote del puerto de Santa Cruz...* » Un nommé Caceres, un passager espagnol qui fait office d'interprète, traduit ces mots au chef de bataillon Poinsignon qui lui répond aussitôt : « Dites à ce brave que le gouverneur du Sénégal entend saluer celui de Ténériffe et que nous aimerions visiter la ville et nous y procurer du vin, des filtres et des fruits dont on dit qu'ils sont fort goûteux par ici... »

J'aime bien écouter la langue espagnole, elle a certes de prime abord une rugosité qui se prête aux propos autoritaires, mais parlée par une de leurs belles femmes en noir, on sent d'emblée qu'elle convient aussi aux mots de la sensualité. Si j'en viens à évoquer les beautés ibères, ce n'est point que je prenne le pilote pour l'une d'elles. C'est que Corréard, mon voisin chasseur de cafards, nous a entrepris sur les belles à mantilles qui, à l'en croire, cachent derrière leur voilette un goût prononcé pour le beau militaire. Il est intarissable sur ces señoritas aux cheveux de jais et au tempérament brûlant qui, sur le seuil de leurs maisons blanchies à la chaux, guettent l'officier, « tremblantes de désir et de volupté ». Corréard a beau avoir le lyrisme un rien conventionnel, sa description nous laisse comme un regret.

Le pilote a regagné le quai pour transmettre les desiderata du gouverneur Schmaltz au capitaine du port. Ce dernier s'est rendu à bord accompagné d'un médecin et d'un interprète et a rapidement accordé les autorisations nécessaires après que chacun de ceux qui embarquent sur le canot eut juré n'être atteint d'aucune maladie. J'ai un court instant espéré que ma qualité de médecin m'autoriserait cette promenade, ou au moins que le chirurgien-major Follet, qui n'affectionne guère les fortes chaleurs, me laisserait sa place. Mais c'était une erreur, mon imposant supérieur hiérarchique sue déjà à l'avant du canot, la mine sanguine et l'air suffisant.

Je regarde la petite embarcation se diriger vers Santa Cruz, avec la curieuse impression que ce n'est pas elle qui s'éloigne mais nous qui la laissons. Je n'y comprends rien, cependant c'est bel et bien ce qui se passe. L'ancre a été remontée et l'équipage s'active maintenant sur le pont, nous prenons de la vitesse. Je ne suis pas le seul à être intrigué par la manœuvre. Nombreux sont les passagers et les soldats qui se pressent au bastingage et se demandent pourquoi nous n'attendons pas Schmaltz et ceux qui l'accompagnent. Corréard est parti aux nouvelles. Les haubans grincent, nous remettons le cap à l'ouest, sur le large. Nous atteignons bientôt la pointe de l'île et la pleine mer, la frégate prend de la gîte et j'avoue éprouver quelque inquiétude. Cela doit se voir, car un second maître de timonerie que je reconnais pour l'avoir soigné d'une plaie au pied s'approche : « Normal qu'on soye malmenés, ç't'un passager qu'est au commandement ! Eul' vieux captaine lui a passé la manœuvre et l'gars veut montrer aux hommes qu'y sait louvoyer ! Ah ça, on l'a pas fini d'tirer des bords, m'sieur, ça j'vous l'dis ! » Nous virons de bord dans un grand claquement de toiles pour repartir en direction de la rade de Santa Cruz. Corréard est en émoi : « C'est impensable, Savigny, le commandant Chaumareys a confié le navire à un passager. Oui, tu m'as bien entendu, à un homme qui s'y entend en navigation à peu près aussi bien que toi ou moi... »

Sans me laisser le temps de répondre, il pointe un doigt vengeur vers la dunette, et vitupère : « Et ça ne te préoccupe pas plus que ça ? J'ai obtenu son nom, c'est un certain Richefort, encore un de ces émigrés qui nous reviennent de chez les Anglais, un rentrant [1] comme ce Chaumareys. Ah je t'assure, Savigny, il faut le voir pour y croire... »

Je ne tarde pas à y croire à mon tour après que Corréard, rejoint par d'autres passagers, m'a confirmé la chose. Le Richefort en question se

1. Les « rentrants » sont des officiers royalistes « émigrés » qui ayant quitté la France pendant la Révolution ont repris du service actif sous la Restauration. Un décret de 1815 leur permettait d'être réintégrés avec un grade supérieur au grand dam de jeunes officiers dont ils prenaient la place sans avoir ni leur compétence, ni leurs capacités. Certains officiers de marine « rentrants » se voyaient ainsi, comme le commandant de *La Méduse*, attribuer le commandement d'un navire bien qu'il n'ait pas navigué depuis plus de vingt années.

prétend ami du gouverneur, mais surtout officier de marine hors pair... « Un lieutenant de vaisseau lui a fait remarquer qu'il avait sans doute appris à naviguer dans les geôles anglaises et rappelé qu'il était à bord inscrit comme simple passager et non comme membre de l'état-major, et au lieu de rendre la barre ce Richefort a entrepris de démontrer ses qualités manœuvrières... » Corréard est toujours hors de lui : « Et le pire, Savigny, c'est que le commandant a l'air réjoui de l'aubaine et arrose l'affaire au vin de Madère... Ah, c'est insensé ! » Personnellement et tant que ledit Richefort ne nous fracasse pas sur la falaise ou sur le môle de Santa Cruz, je trouve cela plutôt cocasse qu'un passager s'amuse avec le vaisseau amiral d'une expédition au nom du roi. Et que, par surcroît, cela amuse son commandant. Alors que nous distinguons à nouveau les campaniles de Santa Cruz, je me demande ce que le gouverneur et les officiers qui sont à terre perçoivent de nos louvoiements désordonnés.

Moi, c'est surtout ma vie qui louvoie. Elle va d'un bord à l'autre, sans être dirigée vraiment. En tout cas, je n'en tiens pas la barre. Jusque-là je me suis toujours laissé porter au gré du vent, et je viens d'essuyer mon premier écueil. Il est sévère. N'est-il pas plus que temps, à 27 ans, de prendre en main mon destin ? Au-delà de mes pompeuses interrogations, je vais bientôt me retrouver dans un pays dont j'ignore tout. Mes seules connaissances à propos du Sénégal proviennent d'un vieux livre de géographie et de quelques romans exotiques pleins de sauvages sanguinaires et de négriers avides... Mais je sens qu'à l'allure à laquelle nous naviguons, je saurai plus tôt que prévu ce qu'il en est vraiment.

CHAPITRE VI

Le verre de vin de Ténériffe du vicomte Hugues de Chaumareys, capitaine de frégate commandant *La Méduse* au nom du roi est vide, mais le buveur est ailleurs. Il a beau somnoler dans sa cabine, il n'est plus par 18° 51' de latitude nord et 18° 20' de longitude ouest en pleine mer, il est dans les ruines fumantes et ensanglantées du fort Penthièvre à Quiberon.

La mitraille, les hurlements, l'odeur âcre de la poudre, la confusion, les morts, les blessés... Plus de vingt ans déjà, il lui semble que c'était hier. 27 juin 1795, il connaît la date par cœur... Ce débarquement royaliste, même s'il a échoué, c'est sa bataille cent fois revécue, mille fois racontée : les régiments émigrés coupés de la flotte anglaise qui devait les soutenir... Le général Humbert qui leur promet la vie sauve mais ce Hoche qui s'en tient aux lois sanguinaires de la Convention : pas de pitié pour les ennemis de la Révolution, douze balles dans le plastron ! Le plomb qui siffle, les corps qui tombent... « Vive le roi ! »

748 morts dans les prés salés des faubourgs d'Auray ! Chaumareys en essuie une vraie larme d'émotion. Quiberon c'est son titre de gloire qu'il place bien au-dessus d'un titre de noblesse pourtant moins usurpé. Le vieux vicomte, une main sur le cœur et l'autre sur l'épée, améliore à chaque fois son récit de ce fait d'armes sanglant de la noblesse émigrée. A l'usure, il a même convaincu les autorités militaires de sa participation active à ces combats sans merci. A cette glorieuse boucherie sans rescapés en état de le contredire. A la longue, à force de raconter, Chaumareys a fini par oublier qu'il a vécu le gros de la bataille sous l'édredon d'une épouse de négociant qui l'appelait « mon prince » tandis qu'il lui donnait l'assaut à grands coups de reins. Il est désormais persuadé de sa présence en première ligne. Et gare à celui qui prétendrait en douter ! Son héroïsme est authentifié en toutes lettres de la belle écriture chantournée de Monsieur Dubouchage, ministre de la Marine, et paraphé de la blanche main de Sa Majesté : « Le vicomte de Chaumareys ayant réchappé au massacre de Quiberon est promu de plein droit au grade de capitaine de frégate... » Il aurait préféré capitaine de vaisseau, mais la Couronne est injuste avec ses héros. C'est ce que

conclut le vieux capitaine tiré de sa torpeur par une odeur de brûlé.

*

Sale réveil : j'ai le visage trempé, du sel dans la barbe. Tout est humide, mon cadre grince et sent le moisi, le roulis est violent. C'est l'humidité qui m'a tiré d'un sommeil lourd au cours duquel je n'ai croisé dans mes rêves ni Gabriele, ni belles Espagnoles mais seulement une tempête et des vents qui apparemment n'étaient pas qu'une vue de l'esprit. Il fait sombre car les sabords sont fermés. L'eau se joue des joints et chaque paquet de mer asperge l'entrepont. Même si mon cadre s'avère inconfortable, j'ai du mal à en quitter l'intimité. Dehors, Corréard est équipé de pied en cap et, sans la moindre mansuétude pour mon état cotonneux, il m'assène la primeur du relevé des récurrentes mesures qu'il a déjà effectuées à l'aide de ses inséparables instruments : « Nous sommes le 30 juin, nous filons à près de 10 nœuds, direction sud-sud-ouest. Le ciel est couvert, la mer est grosse, nous gîtons à tribord, l'eau se réchauffe encore, 17° à 6 heures, *L'Echo* est toujours dans notre sillage. » La corvette *L'Echo* nous a rejoints voici trois jours tandis que nous tirions des bords en rade de Ténériffe, mais depuis le cap Finistère nous avons perdu de vue les deux autres vaisseaux du convoi, *La Loire* et *L'Argus*, une flûte et un brick dont la marche est très inférieure à la nôtre. Le pont sent le pain brûlé et cette odeur qui provient d'une manche à air me sort de ma torpeur contrariée. Sans hésiter je plante là Corréard et enfile en chaloupant au rythme du tangage la coursive puis les marches escarpées qui descendent au fournil. A mesure que j'approche, l'odeur du pain se mélange à celle de la fumée. Il doit faire près de 50°. La porte du four est ouverte et le boulanger, qui me connaît car je l'ai soigné d'une mauvaise brûlure peu après notre départ, s'éponge le front avec son tablier. « Nous avons failli griller comme en enfer. Ce vent du diable a fait surchauffer le bois, la fournée est foutue, mais tiens, si tu grattes un peu la croûte, celle-ci est mangeable ! » Il me tend une miche noircie qu'il rompt. La mie est blanche et fumante, sa chaleur me redonne goût à la vie. Corréard qui nous a rejoints me ramène, lui, aux réalités du jour : « Tu n'as pas oublié que c'était le franchissement de la ligne et qu'il y avait des festivités dans l'air ? Au lieu de t'empiffrer avec ton pain carbonisé, tu ferais mieux de remonter voir ce qui se passe sur le pont ! » Nous franchissons aujourd'hui, paraît-il, le tropique du Cancer et il est de tradition que l'équipage salue joyeusement l'événement, ce qui met Corréard en grand état d'excitation. « Il ne faut pas rater ça, c'est un grand moment ! » Corréard a des avis autorisés sur tout et n'hésite jamais à m'en faire part. Il en va de même de ses considérations plus personnelles sur la vie, l'amour, la mort, Bonaparte, Louis XVIII, Dieu, Chateaubriand, Madame de Staël et sa cousine, ce qui occupe une bonne partie de mes journées. Il serait peut-être utile que j'apprenne à passer moins de temps avec des gens avec qui je n'ai pas toujours envie d'en perdre, avec des gardes-chiourme, ou un Corréard à qui, un peu par timidité, beaucoup par lâcheté, je n'ose rien dire. « Ah tu vas voir, Savigny, prends quand même un chapeau, il y a du vent et il pleut des fayots », me lance-t-il. Mon harassant voisin n'exagère pas. A peine ai-je franchi derrière lui la coursive et mis le nez à l'air libre, qu'une volée de haricots secs s'abat sur moi. Elle est balancée de la dunette par un matelot, le visage grimé à la farine de blé, la barbe peinte en jaune d'or : « Allez, chirurgien, paye ton obole ou tu seras noyé ! » Corréard m'explique que je dois m'exécuter, c'est la tradition. Je lance une pièce au marin qui l'attrape avec une belle dextérité et me gratifie d'une poignée de haricots supplémentaires, en m'aspergeant en prime d'une louche d'eau de mer, à la grande joie de l'équipage et des passagers qui, en dépit du roulis, sont nombreux sur le pont. Ils acclament mon « baptême » de vivats variés tandis que retentit un roulement de tambour.

J'ai un goût modéré pour les liesses obligatoires mais je dois reconnaître que celle-ci n'est pas ordinaire. Le vent violent, la forte houle, le ciel de plomb que perce par instants un soleil pâle et presque inexistant, donnent une intensité dramatique à la fête. Ce soudain carnaval matinal de plus de trois cents personnes en plein océan a quelque chose d'incongru et de puissant. Mélange des genres et des gens, rires tonitruants, débordements parfois tendus lorsque ce soldat qui en guise de baptême a eu droit non pas à une louche d'eau mais à un pot de chambre plein, a dégainé sa baïonnette avant de la remettre au fourreau sous les huées. Marins grossièrement grimés qui vocifèrent au vent et beuglent à tue-tête des chansons à boire, officiers déguisés et passagers ivres, animés d'une joie aussi bruyante qu'artificielle... C'est comme si notre frégate n'était plus *La Méduse*, mais la *Nef des fous*. J'ai beau savoir que ce franchissement symbolique du tropique nous rapproche du terme de notre voyage, il me semble que notre lourd vaisseau dérive hors du monde et hors du temps...

Impression pas déplaisante mais éphémère, car un Neptune vociférant et saoul en qui je reconnais un second maître de timonerie, perd sa couronne en carton et met fin à ma méditation en me tendant une timbale emplie d'un breuvage ambré. A première vue, on dirait de l'urine chargée d'albumine. Interprétation trop médicale. C'est du vin de madère un peu tiède. Pas moyen de couper court, il me faut le boire. Un autre roulement de tambour ponctué de « cul sec! » braillés m'accompagne tandis que je porte le verre à ma bouche. Je siffle le tout les yeux fermés sans m'étrangler, ce qui me vaut une salve d'applaudissements et une grande tape dans le dos du Neptune timonier qui sert déjà un autre passager. Pas un marin qui ne soit de la fête, même ceux qui veillent à la manœuvre sont grimés. Le commandant en personne est de la partie. Pour qui ne le connaîtrait pas, il semble s'être peint le visage en rouge, roi de la fête à la face de Bacchus décati. Mais ce n'est pas un déguisement : le vieil homme est simplement en tenue d'apparat et le teint violacé que fait ressortir sa perruque argentée n'est que sa mine habituelle, celle d'un homme dont on dit qu'il préfère la bouteille à la mer.

CHAPITRE VII

Chaumareys se racle la gorge en ronflant. Il est anéanti par une somnolence de table. C'est ainsi que le chirurgien du bord qualifie cet abrutissement passager qui fait qu'à chaque repas ou presque, le vieux gentilhomme pique du nez dans son assiette. La sauce au vin qu'elle contient se marie bien au teint purpurin de son visage plus marqué par les plaisirs que par les embruns. Le capitaine commandant *La Méduse* n'en était pas moins ce matin sur le pont de bonne heure pour tenter d'apercevoir à la lunette ce qu'on lui décrivait comme le cap Blanc, qu'il avait déjà cru distinguer la veille alors que des passagers penchaient plus vaguement pour le Sahara. C'était en tout cas loin et blanc, il en avait déduit que l'important était de voir la terre.

La lourdeur de son sommeil ne l'empêche pas de capter quelques bribes des conversations qui se poursuivent à sa table. En fond sonore du magma confus qui lui tient lieu de rêve, il perçoit les propos diffus d'un officier qui fait le joli cœur en parlant du « balancement des vagues » que sa voisine d'un gloussement qualifie « d'exécrable ». Chaumareys, lui, n'a cure des mouvements de la mer. Il se laisse bercer au gré des billevesées mais finit par prendre lentement conscience de son réveil. Il ressent une douleur lancinante à la pommette gauche, celle qui repose sur le bréchet d'une volaille dont il ne se souvient pas s'être délecté avant de sombrer. Le vieux capitaine distingue maintenant l'odeur fade de la poularde froide et fait un effort surhumain pour savoir où il peut bien être, quand une voix haut perchée lui perfore le tympan : « Aaaaah commandant vous nous revenez enfin du pays des songes... »

Chaumareys aimerait ne pas connaître cette voix inimitable, mais c'est, pour son malheur, celle de Reine Schmaltz, l'épouse autoritaire et dépressive du gouverneur du Sénégal qui lui fait comprendre qu'il dort à table. Il distingue également la moustache pincée de Poinsignon. Le commandant du bataillon d'Afrique tapote nerveusement la nappe. Le siège du gouverneur est déjà vide. A mesure que Chaumareys évalue sa fâcheuse posture, il songe à la façon de s'en sortir.

Il pourrait feindre de se rendormir, mais choisit de se redresser. Ce qui ne va pas sans difficulté, ni sonores gargouillements intestinaux.

On lui tend une serviette dont il s'empare pour essuyer la sauce et la sueur de son front : « Madame, messieurs... je vous prie de bien vouloir accepter mes excuses pour cette lamentable absence, ce sont, comment dites-vous, mes somnolences et vous n'ignorez point que même la faculté est impuissante à les combattre. » La perruque blanche du vieil homme est légèrement de guingois et sur sa tempe subsiste une traînée alimentaire indéterminée. Mais il n'en a pas moins repris meilleure figure. Il jette un œil presque vif au bristol renversé près de son assiette. « Menu du 2 juillet 1816 », peut-il lire en lettres anglaises. L'horloge de la salle à manger indique, quant à elle, 3 heures moins le quart. D'un geste assuré en dépit du tremblement dont sa main est animée, Chaumareys emplit son verre de vin blanc tiède. Le vin de Ténériffe acheté en route à Santa Cruz est fort et le coup de fouet plus violent que prévu. Le verre de cristal du commandant n'est pas encore aux trois quarts vide quand il se brise en s'écrasant contre ses dents brunâtres...

*

D'un ciel sans nuage, le soleil tape comme une brute sur le bordage. J'ai encore dans la bouche l'amertume du café fort que m'a donné le cambusier. Il est près de 3 heures, la mer a changé de couleur, l'eau me semble beaucoup plus claire et verte. J'y distingue un banc de ces poissons voraces dont Corréard m'a appris qu'on les nomme lubins. Faut-il y voir enfin la proximité de ces côtes que nous attendons tous et qui tardent à surgir ?

Je n'ai pas le temps de pousser plus avant mes interrogations, je me retrouve projeté au sol sans comprendre pourquoi. Sinon que le bateau vient de subir un choc effroyable. J'ai sur les lèvres le goût du sang et de la colère. Je cherche mon agresseur mais découvre vite que je ne suis pas seul en pareille posture. Un soldat gît sans connaissance, l'arcade sourcilière éclatée. Plusieurs autres passagers, comme moi affalés sur le teck calfaté du pont, tentent, eux aussi, de se relever. Au moment où je vais y parvenir, une seconde secousse tout aussi violente que la première m'envoie embrasser un rouleau de cordage graisseux. Dans le même temps, je prends sur le râble un homme ventripotent qui m'écrase de tout son poids et ne cesse de hurler comme un verrat qu'on saigne. J'ai la lèvre fendue mais ne pense pas avoir le nez cassé. A la couleur de l'habit du bestiau qui m'écrase, il s'agit d'un officier de marine.

*

Coincé entre sa table et la paroi en bois de bubinga de la salle à manger, le vicomte de Chaumareys a la lèvre supérieure tuméfiée et baigne dans un mélange peu ragoûtant de vin et de sang. L'épouse du gouverneur saigne du nez. Poinsignon gît aussi mal en point parmi la vaisselle brisée. Sa tête tressaute sur la nappe quand la coque encaisse un autre coup violent par l'avant. On hurle sur le pont et, au milieu du champ de bataille qu'est devenue la table, l'argenterie pilonne la porcelaine sans merci. Madame Schmaltz s'est évanouie, cette fois. Un énorme compotier d'entremets au lait achève de se déverser sur ses cheveux clairs, tandis qu'une bouteille de vin de graves répand son contenu dans le flan aux œufs... Le mélange prend instantanément, sur la nappe, les tons d'une cervelle éclatée. Chaumareys déjà en bien piteux état ne peut éviter un volumineux chauffe-plats de laiton qui l'atteint au creux de l'estomac. Mais il en faut plus pour sonner le vieil aviné qui se saisit d'une carafe préservée du fracas. Elle contient du cognac. Pas pour longtemps. Il lui faut des forces, il va leur montrer, songe-t-il en la vidant.

*

« Carguez, nom de Dieu, carguez ! » J'ai toujours la joue droite écrasée sur le pont. L'homme affalé sur moi pèse un âne mort et lance des ordres en battant des membres sans se préoccuper le moins du monde de ma personne. Au hasard je balance un coup de coude dans ce que je pense être ses flancs, mais l'adipeux, m'écrasant de sa masse, persiste à vouloir m'éclater les tympans : « Débordez, débordez, carguez partout ! » D'une ruade je réussis enfin à me dégager, mon écraseur roule de côté. Je n'attends pas ses excuses pour mesurer l'ampleur des dégâts. D'ailleurs il n'y songe pas et continue, vautré au sol, à hurler sans le moindre effet des ordres désormais inutiles : « Affalez, affalez, on a touché ! »

Des voiles pendouillent en berne, d'autres claquent avec méchanceté. Celles de beaupré arrachent des craquements de souffrance à la mâture... Je saigne toujours de la bouche mais, en y passant la langue, mes dents semblent intactes, juste une plaie à la lèvre. Je ne ressens pas la douleur, seulement une sourde inquiétude. En deux coups dans la coque, la jolie brise qui nous portait vers la côte a laissé place à un sale vent de panique.

La Méduse est immobile, mais jamais le pont n'a été aussi agité. C'est un véritable déferlement. Au milieu des vergues en vrac et des tonneaux renversés, des dizaines de passagers, des matelots et même des soldats que l'on n'avait pas revus depuis Rochefort surgissent. Ils se tenaient dans la batterie ou l'entrepont. Les uns sont hors d'eux-mêmes, les autres emplis d'effroi. Une petite femme non loin de moi ne cesse de geindre, répétant à l'envi : « Dieu du ciel, Dieu du ciel, nous sommes perdus ! » D'un soufflet magistral, un homme la fait taire. Je ne sais s'il s'agit de son époux mais je lui en suis reconnaissant... Le gros officier qui m'écrasait s'est finalement remis debout, il saigne du nez. La tête en arrière, il croasse au quartier-maître qui l'a rejoint de « faire haler bas les bonnettes ». Ma bouche est maintenant douloureuse, Gabriele me manque. Les ordres fusent de partout, le désordre règne en maître.

« Nous avons touché ! » Le mot fait le tour du pont et chacun le répète sur un air affolé, navré ou en colère. Mais touché quoi, au fait ?

« Le fond, mon gars ! » me lance un matelot à qui j'ai posé la question et qui me prend pour un parfait abruti, en m'expliquant que *La Méduse* s'est échouée sur un haut-fond, le banc d'Arguin qui est indiqué sur toutes les cartes marines comme une zone à éviter. Et que pour planter un bateau ainsi : « Faut vraiment être une bourrique qu'a la cataracte ou un borgne des deux yeux ! » Les petits poissons que je voyais tout à l'heure n'indiquaient pas la proximité des côtes, mais celle du fond.

CHAPITRE VIII

Hugues de Chaumareys, héros homologué de Quiberon, aurait bien besoin d'un citron. Le vieux commandant a le palais pâteux, il pue la bile et la vinasse. On cogne à la porte de la salle à manger, mais il ne veut pas entendre les coups répétés. Ni voir le jeune officier qui finit par entrer sans qu'il l'en ait prié : « Monsieur, monsieur, nous avons touché ! » Les effets bénéfiques du cognac achèvent de se dissiper. L'irruption essoufflée de ce blanc-bec ramène Chaumareys à une réalité aussi dévastée que la table où s'ébrouent dans le vin, le drame et le lait caillé quelques-uns des convives malmenés...

Poinsignon, le commandant du bataillon d'Afrique, s'est redressé, mais il reste sonné. Il a une énorme bosse sur le côté du front, les lèvres comme une tomate trop mûre et de l'entremets sur les épaulettes. Madame Schmaltz est toujours dans les limbes, le commandant de *La Méduse* l'envie.

« Monsieur... J'attends les ordres », risque l'importun resté près de la porte... « Remontez sur le pont, mon jeune ami, j'arrive ! Le commandant Poinsignon va vous accompagner, faites quérir d'urgence le médecin pour Madame Schmaltz. Dépêchez-vous ! »

Chaumareys est désormais seul avec l'épouse évanouie du gouverneur. Il cherche douloureusement quelque chose à boire. Il a un besoin vital d'une rasade au goulot qui lui ferait perler la sueur au front. Du vin, du rhum, même de la gnôle de soldat qui vous ronge la cervelle et le foie... N'importe quoi pour sentir la brûlure qui estompe le malaise. Chaumareys donnerait ses galons pour un fond de flacon.

Pourtant, il a dû sacrément batailler avant de les gagner. Pour en arriver là, il en a fallu des interventions, des suppliques, des flagorneries, des pressions plus ou moins amicales entrecoupées d'évocations appuyées de son oncle, l'amiral d'Orvilliers, et de son amitié avec le comte d'Artois, frère du roi. Chaumareys a su vaincre en les contournant tous les obstacles. Rien ne l'a arrêté. Il est même allé jusqu'à se rajeunir pour ne pas tomber sous le coup de la limite d'âge qui empêchait les officiers royalistes revenus d'émigration de reprendre du service après

50 ans. Cinq années de moins, un combat de plus, à la guerre la stratégie compte autant que la bataille elle-même !

« J'embroche ces petits trous du cul qui colportent que j'ai volé mes épaulettes... ». Le capitaine a parlé tout haut. Des cris proviennent des coursives. Il ne les entend pas, il s'écoute réciter son brevet d'authenticité :

« Monsieur. Le roi a ordonné que les bâtiments de l'expédition destinée à reprendre possession de l'établissement français au Sénégal rendu à la France par les traités du 30 mai 1814 et 20 novembre 1815 fussent rassemblés à Rochefort, et Sa Majesté vous a choisi pour commander cette Expédition... » « Choisi » par Sa Majesté ! L'instruction est signée du ministre de la Marine et des Colonies Dubouchage et datée du 7 mai 1816. Suivent les noms des navires qui composent l'expédition ; en tête, le meilleur, le plus beau : 47 mètres et 1 433 tonneaux : « la frégate *La Méduse* armée en flûte sous votre commandement... » Puis les noms des autres vaisseaux : « La flûte *La Loire* de 55 tonneaux, la corvette *L'Echo*, le brick *L'Argus...* » Le sang bat aux tempes de Chaumareys. Peu lui chaut que des envieux ou des marins goguenards le traitent de ganache avinée ayant conquis ses barrettes dans les antichambres. Même s'il n'a pas navigué depuis plus de vingt-cinq ans et s'il a oublié le nom des voiles, le vicomte a le sens du vent. Il a toujours su louvoyer au gré des événements, des femmes et des gouvernements. Piètre marin, peut-être, mais seul maître après Dieu, n'en déplaise à ces jeunes bréneux !

Sans vin ni rien à boire, la bouffée d'orgueil est de courte durée. Le commandant échoué ressent à nouveau le poids de son impéritie. La difficulté de surnager au naufrage de sa propre estime. En moins de temps qu'il n'en a fallu à la quille du gros navire pour s'enfoncer dans le sable et la vase, Chaumareys a repris les années que son faux état civil avait gommées. C'est un vieillard défait qui repense à la fin de son ordre de mission. En dépit de sa mémoire cariée, il n'en a pas oublié la teneur. La lettre du ministre de la Marine se termine par une formule qu'il voudrait n'avoir jamais lue : « Je suis persuadé de tout le zèle que vous mettrez à concourir de tous vos moyens au succès de la mission qui vous est confiée. Il me sera agréable d'en rendre au roi un compte satisfaisant, et de faire valoir auprès de Sa Majesté, le titre que vous aurez acquis à sa bienveillance. » La mission est fichée dans la vase, et la bienveillance de Sa Majesté vient de sombrer dans les eaux piégées du banc d'Arguin.

Les documents concernant la navigation au large des côtes occidentales d'Afrique, même s'ils sont imprécis, stipulaient pourtant bien dans ces parages un large et traître banc de sable. A Rochefort, avant l'embarquement, Chaumareys s'était même ouvert de ses craintes au jeune Gisquel des Touches commandant *La Loire.* Le fringant gamin lui avait expliqué que le banc d'Arguin était très facile à éviter et lui avait assez courtoisement proposé de naviguer de conserve. En prenant la barre, son ami Richefort avait ricané, maintenant *La Loire* était loin derrière et *La Méduse* échouée sur le sable comme un cachalot crevé.

Chaumareys est coincé. Il lui faut affronter la vindicte, se rendre sur le pont. D'autant que l'épouse du gouverneur est en train de reprendre conscience, il ne veut pas avoir à se justifier. Couvert de sauce et de honte, le vicomte incompétent se dirige vers la coursive comme on va au billot.

« A la baille, noblaillon ! » Les cris venus du pont se rapprochent, leur violence, même atténuée par les cloisons, est palpable : « ... Vous serviez à bord d'une périssoire ? » Un instant, le commandant craint que ce ne soit à lui que s'adressent ces quolibets hargneux, mais malgré son esprit embrumé, il comprend vite que c'est son protégé, Richefort, qui est l'objet de la vindicte de plusieurs officiers du bord. Tout ragaillardi du fait que la colère ne se cristallise pas sur sa personne mais sur ce passager auquel, dès la sortie du port ou presque, il a confié aveuglément la marche du bateau, Chaumareys se sent prêt à le défendre. Il va leur expliquer à ces morveux qui portent le bicorne en bataille, les bottes à la russe et se croient tous plus habiles les uns que les autres. Si ces foutriquets à galons s'en prennent à Richefort, c'est parce qu'il est comme lui un émigré, un « rentrant » réintégré dans la marine avec un plus haut grade et une bien meilleure solde qu'avant son exil. Richefort accompagne la Société philanthropique du Cap-Vert et a déjà croisé dans bien des mers : de Java à Saint-Louis, des Indes hollandaises à ces côtes d'Afrique qu'il déclare fort bien connaître. Et même s'il s'est un peu vanté, jusqu'à ce sacré banc d'Arguin, il a mené la frégate d'une barre assurée. Le gouverneur qui le traite à sa table ne s'en est jamais plaint... Chaumareys prépare mentalement ses arguments, mais son plaidoyer ne va pas plus loin. Sur le pont autrement plus ravagé que la salle à manger, la tension a monté d'un cran. Un officier à tête de gamin dont Chaumareys ignore le nom a dégainé son sabre et somme Richefort de choisir une arme... Chaumareys ne se sent ni d'humeur, ni de taille à interrompre le duel qui s'engage... « Vive le roi ! » Pris d'une soudaine inspiration, il pousse ce cri et à sa grande surprise, son intervention est efficace. Les regards se tournent vers lui. L'excité en uniforme renonce à dégainer et se met au garde-à-vous. Richefort reste coi. Les galons font encore leur effet en dépit du piètre état de celui qui les arbore. Son apparition et son « Vive le roi » incongru ont bloqué la poussée d'agressivité... L'étonnement laisse à nouveau place chez le vieil homme à une bouffée de suffisance. Si sa simple présence impose encore le respect, c'est que rien n'est perdu. Ni sa réputation, ni le bateau. Du coup le voilà presque volubile : « Messieurs, veillez à l'avenir à ne point laisser vos esprits s'échauffer, nous avons mieux à faire ! » Chaumareys ne sait pas trop en quoi ce mieux consiste, mais c'est sans importance, il en parle et se sent bien dans le rôle de juge de paix qu'il vient d'endosser. Malheureusement Richefort, lui aussi ragaillardi, se croit encore autorisé à donner son avis : « Nous sommes à marée basse, dès que le flux reviendra au plus haut nous retrouverons les quelques brasses qui nous manquent pour nous remettre à flot. » La réaction ne se fait pas attendre. L'officier au visage enfantin est tout prêt à en découdre de nouveau : « Quelle impudence, Monsieur ! Ce sont vos manœuvres insensées qui nous ont mis en péril et voilà maintenant que vous voulez nous indiquer la marche à suivre pour en sortir... » Richefort n'a pas le temps de rétorquer. Des avis, pas forcément plus autorisés, fusent de toutes parts. Les uns veulent alléger la frégate en balançant par-dessus bord les canons et une bonne partie du fret « C'est le seul moyen ! ». D'autres parlent « de cabestan et d'ancre à chapelet », tandis qu'un militaire suggère d'envoyer la troupe à terre – « ce n'est pas si loin » – quérir un autre bateau pour nous haler... Chaumareys, quant à lui, n'a pas vraiment d'avis, mais il est requinqué. Dans cette nuée, il ne perçoit plus les mines accablées de ceux qui le regardent comme un vieil usurpateur confondu par son impéritie, disqualifié par son incompétence ; il se sent à nouveau dans la peau du héros de Quiberon qui maîtrise la situation. Après tout, Richefort a peut-être raison, la marée haute va sûrement se charger toute seule de rétablir la situation et, s'il le faut, on veillera à alléger le bateau... « Attendons le flux et nous verrons. » Mais un lieutenant fait retomber l'euphorie : « Monsieur, je crains que nous ne soyons au flux maximal... » Le capitaine le rabroue aussitôt : « Qu'en savez-vous, jeune homme ? Auriez-vous la prétention d'expliquer à votre capitaine la science des marées ? Mettez plutôt mon canot à la mer et faites sonder ! »

Chaumareys respire fort et tente de se gonfler d'importance : « Qu'on réunisse l'état-major ! » Il est presque étonné qu'on lui obéisse encore. Les officiers s'activent et s'apprêtent au conseil, les marins s'exécutent. Les passagers continuent à s'en remettre à lui, comme cette femme au large chapeau mauve qui lui demande si l'on va évacuer le navire : « Mais non, Madame, je vous le répète : à marée haute, dans quelques heures, cette mésaventure ne sera plus qu'un souvenir de voyage. Vous n'avez rien à craindre, l'équipage s'emploie à nous sortir de là. Et puis la mer aussi va nous aider : quelques brasses d'eau en plus et nous serons tirés de ce mauvais pas ! »

Le « seul maître à bord après Dieu » n'entend pas le matelot qui ajoute dans son dos : « Un marin qui fait confiance à la mer, c'est comme un pendu qui ferait confiance à la corde pour le tirer d'affaire... »

CHAPITRE IX

« Quand tout le monde donne des ordres, c'est que personne ne commande ! » Cette formule en fer-blanc est d'un passager fonctionnaire que j'ai déjà croisé, et avec lequel j'ai deux ou trois fois bavardé. J'ai oublié son nom mais pas sa propension à abuser volontiers de la citation à tout faire et de la maxime bon marché. Toutefois, dans le tumulte et le brouhaha des avis de tous les « experts » sur la tentative infructueuse de remise à flot de notre malheureuse frégate, il me faut reconnaître que sa formule résume assez clairement notre fâcheuse situation.

Cela n'empêche en rien Corréard de nous faire part de ses commentaires sur les vains efforts de l'équipage pour nous sortir du banc de sable : « La manœuvre était bien pensée, mais elle a été menée à la hâte et tout est à refaire. Il nous faut espérer que la mer soit aussi haute à nouveau. En attendant, la frégate a été calée sur deux mâts de perroquet qui servent de béquille à tribord. Mais tout à l'heure, quand je suis allé effectuer mes mesures, des marins m'ont avoué que ces deux leviers ne servent à rien. Le fond est mou et les mâts installés dans la précipitation bougent et s'enfoncent. Par chance, le navire est resté presque droit à la basse mer... » Pas le temps d'épiloguer sur l'utilité des mâts de perroquet sur les fonds mous, car j'ai à faire. Je dois m'enquérir de la santé de l'épouse du gouverneur Schmaltz. On m'a mandé hier à son chevet. Elle était à la table du commandant lors des chocs de l'échouement. La malheureuse a perdu connaissance plus d'une heure durant et se plaint depuis de céphalées. Je lui ai prescrit une décoction de mandragore pour la nuit. En plus de cette solanacée somnifère, j'ai fourni à ses femmes de chambre de l'arnica ainsi que des compresses à imbiber d'eau tiède et de vinaigre de Santa Maria Novella...

Les cabines du gouverneur et de sa suite sont à la poupe. Dès la coursive, les cloisons sont en acajou. Là, pas de « cadre », ma patiente repose dans un vrai lit et dispose de deux véritables fenêtres qui n'ont rien à voir avec les bouches à feu qui servent d'aération dans notre entrepont. La femme de chambre qui m'introduit est une jeune négresse que l'on devine de nature assez souriante, mais qui pour l'immédiat s'efforce au plus grand sérieux : « Madame, le docteur est ici ! » Reine Schmaltz a les traits austères, la bouche pincée. Elle est pâle et porte une chemise de nuit rehaussée de dentelles qui lui enrubannent le cou : « Entrez, Monsieur ! Vos prescriptions m'ont aidée à dormir... » Si le ton s'efforce à la bienveillance, le timbre n'est guère agréable. Madame Schmaltz est affublée d'une voix de pintade haut perchée. Elle m'indique qu'elle a eu par deux fois dans la matinée des « énervements » passagers qui l'ont laissée « en sueur et épuisée ». Le front n'est pas fiévreux, le pouls est régulier et je constate, après lui avoir administré sa potion calmante, qu'elle a masqué le bleu de son hématome temporal avec de la poudre de riz et fait rabattre une mèche de cheveux par-dessus. Je la dispense donc d'un examen trop attentif et me contente d'effleurer du doigt son bleu camouflé : « Promettez-moi, Madame, de veiller à ce qu'on vous passe bien la teinture d'arnica avant la houppette. Pour le reste, je vous prescris encore une journée de repos et la même décoction ce soir... » Elle sent l'huile de cade, la pommade cosmétique et l'ennui.

« Madame, Monsieur désire vous visiter... » Je m'apprête à me retirer, mais le gouverneur Schmaltz est déjà dans l'entrée. « Restez, Sauvignon, restez ! On me dit que vous avez été d'un grand secours pour mon épouse, alors continuez, je vous réquisitionne à son chevet...

— Euh mon nom est Savigny, Monsieur le gouverneur...

— Ah oui, pardon ! Enfin Savigny ou Sauvignon, j'aimerais que vous restiez un moment avec votre patiente car je vais devoir l'abandonner. Une réunion d'état-major... »

L'homme sous sa perruque n'est pas de première jeunesse et, en dépit ou à cause de la jovialité qu'il s'efforce de donner à ses propos, je le sens franc comme un âne qui recule : « Ne me dites pas que vous allez mieux, Madame, je l'ai vu d'emblée. Continuez à prendre du repos, je vous laisse avec votre sauveur car vous comprendrez que, vu la situation, j'ai beaucoup à faire... » Reine Schmaltz sans mot dire regarde son gouverneur d'époux avec une sérénité assez proche de la totale indifférence. Je ne sais s'il s'agit déjà des effets de ma médication, mais pour une femme sujette à des crises nerveuses, celle-ci me paraît affronter avec un détachement avéré des événements qui ont déjà fait perdre leur calme à plus d'un passager.

« La situation exige que je prenne mes fonctions plus tôt que je ne l'aurais souhaité », poursuit Schmaltz. « Notre vieil ami le commandant de Chaumareys est... comment dire.... quelque peu débordé... Je dois vous laisser car je suis attendu dans la chambre du conseil pour une réunion d'état-major. Mais n'ayez nulle inquiétude, il s'agit, je vous le répète, d'un contretemps, pas d'un naufrage. Dans trois jours au plus tard, bien au sec à Saint-Louis, nous deviserons gaiement de cette affaire ! »

Le gouverneur a l'air de croire à ce qu'il dit. Pas moi ! Reine Schmaltz quant à elle s'est endormie, ce dont je lui sais gré. J'hésite à prendre congé, mais Schmaltz m'a demandé de rester. Je me dirige vers un fauteuil du petit salon contigu à la chambre pour ne pas réveiller la dormeuse. Acajou toujours, c'est plus cossu que mon cadre mais à peine suis-je assis que j'entends parler de l'autre côté de la paroi. Je tends l'oreille et m'aperçois que la voix que je reconnais comme celle du gouverneur provient en fait du haut de la cloison où se trouve une prise d'air. « Messieurs, vous m'excuserez de ne pas tergiverser, nous n'avons pas de temps à perdre. » Je l'entends comme si j'assistais en personne à la réunion d'état-major. Un coup d'œil pour vérifier que ma patiente dort toujours comme une bienheureuse, et me voilà debout sur le fauteuil !

Au travers de la grille, j'ai une vue presque panoramique sur la chambre du conseil. La dénomination de l'endroit frise l'abus de langage. Car la pièce n'a ni les dimensions ni la solennité d'ordinaire attachées aux lieux du pouvoir. Ils sont sept à siéger autour d'une table à cartes en désordre. Chaumareys trône au centre et se tait.

C'est le gouverneur qui parle : « Messieurs, il va sans doute nous falloir au plus tôt faire évacuer le vaisseau... Qu'en pensez-vous, commandant ? » Tout le monde, y compris l'intéressé, semble convenir que la question est de pure forme. Chaumareys hoche du chef sans mot dire. Il a encore voix au chapitre et droit au meilleur fauteuil, mais depuis l'échouement, comme dit Corréard, c'est le gouverneur qui a pris le gouvernail !

« L'île d'Arguin n'est qu'à quelques encablures de notre position. La troupe pourrait la gagner et aller y quérir des secours. De plus, sans les soldats, le frégate allégée serait sans doute mieux à même d'être remise à flot... » Le funeste Richefort, l'homme qui a planté le navire, vient de prendre la parole et fait montre d'une inaltérable impudence... D'un grand rire, d'autant plus forcé qu'il a les lèvres tuméfiées, un militaire l'interrompt, je crois que c'est un certain Poinsignon, commandant des bataillons d'Afrique. Il est rouge et déterminé : « Monsieur, nous avons déjà eu un aperçu éclatant de vos dons pour la navigation, nous ferez-vous la grâce de nous épargner vos talents de stratège ? » Avant que Richefort ne tente une repartie, Schmaltz, imperturbable, enchaîne : « Il nous faut vérifier les chaloupes, on me dit que les calfatages de certaines laissent à désirer... » On revient ensuite à l'idée d'alléger le bateau en jetant par-dessus bord ce qui pèse le plus lourd. Une voix que je ne saurais identifier suggère que « l'on se déleste de quelques canons », c'est aussitôt un concert de protestations, là encore, le gouverneur tranche : « En aucune manière il n'est envisageable de sacrifier l'artillerie de Sa Majesté. » Chaumareys, lui, sacrifie à un petit somme. Le commandant se redresse juste d'un mouvement de nuque, semble-t-il douloureux, en entendant Schmaltz reprendre la parole : « Bref, Messieurs. Il convient de se tenir prêt à l'évacuation dès à présent mais de n'en rien dire encore ni aux passagers ni à la troupe. Il sera toujours temps de les prévenir. Inutile de créer des mouvements d'affolement, c'est pourquoi je compte sur votre absolue discrétion. Je pense que vous êtes de cet avis, commandant ?

— Pardon ? Oui bien sûr, absolument, de la discrétion dans l'évacuation... euh Poinsignon, je compte sur vous ! » Poinsignon, acquiesce d'un ton qui laisse percer l'agacement : « A ce propos je veux bien être muet comme la pierre sous laquelle repose ma défunte épouse, paix à son âme, mais l'évacuation, les hommes ne cessent d'en parler. La troupe craint d'être laissée-pour-compte et chez les passagers c'est aussi la principale question... Alors, la discrétion, permettez-moi de douter de son efficacité ! » Laissant le vicomte sortir de la brume, Schmaltz répond à sa place : « En ce cas, ainsi que plusieurs d'entre vous me l'ont suggéré, je pense que la construction d'un radeau calmerait les esprits. L'assemblage occupera les hommes et leur évitera de colporter de mauvaises rumeurs. Nous avons du bois, m'a-t-on dit, et la main-d'œuvre ne manque pas. Si ce radeau doit nous servir à acheminer la troupe, il faut prévoir une embarcation suffisante pour cent cinquante à deux cents personnes. Mais dans un premier temps il ne faudra parler que d'un radeau pour les bagages et le matériel que nous ne pourrons caser dans les chaloupes. Qu'on s'y mette sans tarder ! » Je suis tellement collé à ma lucarne qu'il me faut quelques secondes pour me rendre compte qu'on me tire par la culotte... « Monsieur, monsieur, que faites-vous là ? » C'est la jeune femme de chambre. Je descends du fauteuil en catastrophe et cherche à répliquer. Rien ne me vient à l'esprit. Alors sans autre forme de procès, je l'enserre et l'embrasse. Et la laisse à sa stupeur pour regagner en trois enjambées le chevet de ma patiente qui émerge des limbes en me demandant : « Quel est ce bruit ?

— Ce n'est rien, Madame. Reposez-vous, il s'agit juste de votre femme de chambre qui me proposait un rafraîchissement. »

La rafraîchissante qui a tout entendu quitte la pièce en me regardant d'un air rageur. L'épouse du gouverneur me remercie « de tout cœur ».

CHAPITRE X

L'entrepont pue un mélange âcre de vieille pisse, de tabac noir, de bile, de merde et de poisson séché, mais le caporal Museux et ses compagnons ont l'odorat habitué à cette pestilence ordinaire de la promiscuité. Plus de cent cinquante hommes de troupe entassés avec leur barda entre les cales et la batterie, ça ne sent pas le gardénia. On lansquine au vent et on fait le plus gros dans un seau, mais ces saligauds de Hongrois se soulagent derrière leur paquetage. C'est du moins ce dont Museux est persuadé. Il les traite de « bouames [1] » et de voleurs de poules. Il les accuse de tous les maux. Mais ce qui le met vraiment hors de lui, le caporal, ce sont les mauviettes qui ont le mal de mer. Pour ceux-là, Museux, marin berrichon natif de Lamotte-Beuvron, ne fait pas de ségrégation : Espagnols, Portugais,

1. Bohémiens.

Martiniquais ou Français... c'est la même aversion. Paltoquets ou costauds, il les fourre tous dans le même tonneau, ces gorets qui dégueulent tripes et boyaux dès que ça tangue sur le bateau. Lui, Museux, qui est pourtant « un vrai gars de la terre », n'a jamais eu le mal de mer. Alors mieux vaut éviter de lui vomir sur les sabots. Pour l'avoir ignoré, un malheureux canonnier espagnol a eu la nausée soignée net d'un « coup de poing sur le caberlot ». Mais bon, maintenant que le bateau ne bouge plus du tout, les problèmes de mal de mer, c'est déjà de l'histoire ancienne... Ce serait plutôt le mal de terre que la troupe ressent. Et Museux ne fait pas exception à la règle, il est même dans les plus atteints. Un gars des pompes lui a dit qu'ils allaient finir par arrêter. Que leurs efforts étaient vains, les cales toujours inondées, et que les gradés allaient sûrement ordonner l'évacuation. « C'est une question d'un jour ou deux, pas plus », lui a précisé le pompeur et depuis, Museux est un peu nerveux. Il n'est pas le seul, dans la troupe on commence à lorgner sur les chaloupes et ce qu'on va pouvoir emporter.

Au fond des cales pourtant, on pompe encore à tour de bras. Les pieds dans la flotte, et les reins dans la sueur, les hommes se relaient tous les quarts d'heure sur les grosses pompes à balancier. Il y a là des marins, des soldats et même des passagers dont Corréard. Tous ont des cloques au creux des paumes et des courbatures dans le bas du dos. Mais tous ces volontaires ont beau s'activer tels des forcenés, *La Méduse* ne décolle pas d'un pouce de sa gangue de vase. Du coup, ils ont moins de cœur à l'ouvrage. Le doute est là qui se fait de plus en plus palpable au fil des heures de cet étouffant 3 juillet 1816.

Et pendant que les marins pompent, le capitaine boit. C'est à nouveau du vin de Ténériffe qui emplit son verre. Chaumareys sue en permanence. Sa chemise pue et lui colle à la couenne. Il n'en a cure et se ressert avec la désagréable impression qu'on l'observe. Soudain, il le voit là, tout près de la table à cartes. Il est gris, il est gras et le fixe de ses yeux mauvais et affolés, tournant la tête à droite à gauche avec une incroyable rapidité. Il couine, découvrant des petites dents jaunes et acérées. Les rats quittent le navire, Chaumarey, a entendu cent fois l'expression, mais c'est la première fois qu'il en est le témoin. Si les rats arrivent dans sa cabine, c'est que l'eau monte dans les cales. Ils sont trois maintenant, deux autres, campés sur leurs pattes griffues, ont rejoint le premier. Ils cherchent une issue. Chaumareys arme son pistolet et fait feu. Contre toute attente il a touché sa cible. Le premier rat est mort. Un filet de sang s'écoule de sa gueule. Les deux autres ont disparu. Le bruit de la détonation a été entendu jusque sur le pont et un officier fait irruption sans frapper. « Que se passe-t-il, commandant ?

— Ce n'est rien, mon ami, juste un rat ! » Il attrape la bête et sans même une grimace de dégoût la balance à l'eau par la fenêtre ouverte. La cabine est envahie d'une odeur de poudre. Les vagues cognent et recognent sur les flancs de la frégate, mais *La Méduse* ne risque pas de couler, elle est profondément fichée dans le sable, bien calée dans la vase du banc d'Arguin... C'est ce que ses officiers ont répété à Chaumareys. Bercé par le ressac, et pas mécontent de son coup de feu, il se satisfait de cette certitude et se sent presque heureux.

*

« Le problème, c'est de faire tenir les dromes aux vergues et les jumelles au grand mât de hune avec des planches attachées, des madriers cloués et des barriques. » Corréard me met au courant du moindre détail de la construction du radeau dont je suis dispensé. Ma contribution consiste à soigner les échardes, les coups de scie ou de marteau malencontreux. Mais quand mon voisin de cadre évoque ce chantier, c'est un peu comme s'il me parlait la langue des guerriers du Galam ou du Fouta Toro, je ne comprends pas un mot. Mes connaissances en matière de charpente sont tout aussi sommaires que mon savoir marin. Ce n'est pas très grave, car avant même que les matériaux nécessaires à la construction de cette embarcation de fortune n'aient été collectés, je dénombre déjà pas loin d'une dizaine de spécialistes de la construction navale qui, tous plus péremptoires les uns que les autres, expliquent avec force moulinets de bras comment il faudra procéder. Pourtant les travaux s'organisent sans que personne vraiment ne les dirige. Il suffit que quelqu'un profère un conseil qui semble sensé et les autres suivent. Dans l'immédiat, on demande des bras. Et de préférence des pas trop chétifs pour remonter des cales, où la chaleur est étouffante, de longues et pesantes planches de chêne qui sont en assez grand nombre. Autour des mâts de hune de *La Méduse* que trois marins armés de haches ont dégréés et mis à bas, le pont est encombré d'un tas de bois considérable. Quelques hommes qui ont tenté d'en commencer l'assemblage viennent de se faire morigéner par un quartier-maître goguenard : « Pauvres buses, c'est avec vos petites mains blanches que vous comptez mettre à la mer une embarcation de plus d'une tonne ? » Le radeau va se construire directement dans l'eau. Il s'agit cette fois de faire passer par-dessus bord tout le bois remonté des tréfonds inondés de la frégate. L'opération, pour pénible qu'elle soit, se déroule dans la joie. Il y a comme un plaisir enfantin à balancer à l'eau ces pièces de teck ou de chêne qui soulèvent d'énormes gerbes en touchant la mer. A 3 heures de l'après-midi, près de douze planches et madriers ont roulé par-dessus sur le bastingage avant.

Deux chaloupes ont été mises à la mer afin de commencer à rassembler les pièces de bois éparses. Deux hommes, un matelot et un mousse, viennent de sauter sur un tronçon de mât flottant. En se cramponnant, ils passent des cordages autour. L'opération n'est pas sans danger. Le bois est glissant. Le matelot soudain bascule à la mer en gueulant mais il remonte bientôt sans dommage, aidé par le mousse. Sous les vivats, ils réussissent à assujettir les deux premières pièces du radeau. Ils sont maintenant rejoints à la nage par trois autres marins et un soldat qui ont plongé des chaloupes. Avec une dextérité, elle aussi applaudie, les nageurs ajoutent à l'assemblage un nouveau madrier, puis un autre. Au fil des heures, la construction commence à ressembler à un vrai radeau.

A la tombée du jour, une quinzaine de poutres tiennent les unes aux autres, recouvertes de pièces de voiles. Il s'agit maintenant de clouer dans le sens de la largeur les planches qui vont rigidifier l'ensemble et permettre aux passagers de ne pas glisser dans l'eau par les interstices. L'embarcation prend corps même si elle prend encore l'eau. Environ 20 mètres de long sur 7 de large. Vu du bord, le radeau a l'air imposant et solide.

*

Sophie Diebo, la femme de chambre de l'épouse du gouverneur n'est pas de cet avis. Elle préfère mourir sur place que de monter sur ce tas de planches près de sombrer. Elle craint que sa maîtresse ne l'emmène pas sur sa chaloupe. Des négresses du Sénégal comme elle, il y en a plein la rue à Saint-Louis. Et une femme de chambre, c'est vite remplacé. Elle est inquiète. On frappe. C'est certainement ce sacripant de docteur. Alors qu'il était censé veiller Madame, elle l'a surpris debout sur un fauteuil en train d'écouter à la cloison et pour qu'elle ne se mette pas à appeler, il lui a « pris la bouche ».

*

« Je vais prévenir Madame de votre arrivée... » C'est l'avenante femme de chambre d'hier, mais elle fait si ostensiblement semblant de ne pas me connaître que c'en est touchant. J'attends dans l'antichambre, elle réapparaît bientôt. Un doigt sur sa jolie bouche, elle me fait signe de ne rien dire et m'indique le fauteuil sur lequel elle m'a surpris hier en flagrant délit d'indiscrétion. Pas le temps d'être interloqué, la voilà qui me pousse sur le siège et m'embrasse... « On est quittes maintenant ! Et pour votre visite, Madame elle dort, mais si vous voulez à nouveau écouter aux portes, c'est le moment, le gouverneur il fait une autre réunion présentement...

— Tu es sûre ?

— Demandez à vos oreilles et à vos yeux, moi je guette ! »

Je suis troublé, mais j'obtempère et grimpe sur le fauteuil. Elle n'a pas menti. Le gouverneur et le commandant sont seuls, Schmaltz occupe la même place qu'hier et Chaumareys tient à la main une plume d'oie avec laquelle il semble raturer un document que je ne puis malheureusement pas identifier.

« Bon, commandant ! Maintenant que nos listes sont établies, passons, voulez-vous, aux autres canots ! Sur chacun, il faut un ou deux officiers de marine, bien sûr, mais aussi des gens de terre. Les deux bataillons de la compagnie du Sénégal embarqueront sur le radeau mais il paraît que certains soldats se déclarent prêts à s'emparer des canots. Poinsignon a fait poster des sentinelles aux échelles et aux bossoirs avec ordre de tirer sur quiconque touche aux embarcations. Mais il n'a plus beaucoup de temps pour convaincre sa troupe de la solidité du radeau. Ces fantassins n'ont pas le pied marin... » Moi qui l'ai un peu plus, j'en ai assez entendu. Quand je descends de mon promontoire, ma charmante guetteuse a disparu.

CHAPITRE XI

La Noiraude meugle à la mort et seuls les cochons l'entendent. Enfin ce qu'il reste des cochons. Car outre ceux qui déjà ont été transformés en salaisons et appréciés à toutes les tables, un pourceau au dos taché d'excréments et un autre, si blanchâtre qu'on le dirait bouilli, sont morts noyés. Ils flottent le groin dans l'eau noire et puante de la cale sous l'œil inexpressif de la truie et d'un verrat survivants. Tout à son meuglement la vache normande les ignore. Mais, malgré la pénombre, elle a bien vu les deux cochons morts. Elle ressent le même mélange de peur et de résignation qu'ont les bovins en instance d'abattage. Le choc des vagues qui taraudent l'arrière de la frégate couvre tout autre bruit. Pour l'heure, sur *La Méduse*, nul ne songe à boire de lait de vache, surtout pas le commandant qui est à nouveau saoul comme un cochon.

Les moutons eux aussi sont mal en point. Leur

cale est immergée, plusieurs se sont noyés et les survivants ne savent pas auquel des leurs se vouer. En cela, ils ne diffèrent pas beaucoup des autres occupants de la frégate où le sentiment général est à l'égal du ciel : maussade et inquiétant. Mon spleen est assorti. Je n'en sais pas trop la raison. Est-ce l'inquiétude du tumulte de l'évacuation à laquelle tout le monde se prépare à sa manière ? Ou est-ce cette femme de chambre ? Je lui ai volé un baiser seulement pour la faire taire et je me refuse à admettre que celui qu'elle m'a rendu ait pu le moins du monde me troubler. Est-ce tromper la mémoire de Gabriele que de ne pouvoir chasser le souvenir très présent de la bouche fraîche et rose de cette jolie négresse ?

Dans les cales on s'est remis à pomper. Les officiers, en dépit de leur désarroi, se refusent à renoncer sans avoir tout tenté. Ils misent sur la pleine mer du soir et incitent les bénévoles à jeter à l'eau tout un fatras pour alléger au maximum la frégate. Avec de grands cris poussés en chœur, on fait basculer par-dessus bord des malles, on vide des tonneaux d'huile, de vin et d'eau, on balance des tas de choses décrétées inutiles. Pas le bronze en pied de Louis XVIII, ni aucun des 14 lourds canons qui lui appartiennent. Leur largage allégerait pourtant sérieusement le navire ; mais il n'en est pas question. Pareil crime de lèse-majesté n'est peut-être pas nécessaire puisqu'on dirait bien que

La Méduse est à nouveau portée par les flots. Ce n'est pas qu'une impression, des cris de joie et des vivats retentissent sur tout le navire. Entre la mer qui monte et le poids qui a baissé, le soulagement tant espéré s'est enfin produit. C'est la liesse et Corréard me tend un plein quart du vin distribué pour fêter l'événement : « Ça ne peut faire de mal après l'effort. En vidant des fûts, nous contribuons à alléger encore le bateau. A ta santé, mon vieux Savigny ! Et à celle de tous nos confrères de la Société des explorateurs du Cap-Vert ! »

Je lève mon quart et nous poursuivons les libations tandis que les ordres fusent. L'équipage exécute ce que Corréard me dit être la « technique de l'évitement ». Il renonce, et c'est heureux, à me détailler l'art du « sabord d'angle » et du « halage aux grelins ». Le ciel, lui, semble dédaigner les festivités à moins qu'il ne s'apprête à donner un feu d'artifice, car le temps est à l'orage. La mer, si elle soutient à nouveau notre frégate, reprend cependant du mouvement. Les vagues ont bel et bien forci. Elles viennent cogner contre la coque, on entend le bois souffrir. Le bateau a viré d'un bord à l'autre sur lui-même, mais en deux heures, nous n'avons pas, depuis, beaucoup avancé. « Pas d'impatience, nous touchons juste encore un peu par l'arrière », m'annonce Corréard en remplissant une nouvelle fois mon quart. Le vin n'est pas mauvais, sa douceur m'est agréable alors que la brise fraîchit. Il est 5 heures et demie, j'ignore si nous reprendrons notre route ce soir ou demain, mais je me sens bien...

« Ouille mes couilles, le temps se brouille ! » C'est un matelot au visage grêlé, au nez bulbeux et avec une dentition dévastée par le scorbut qui lance au vent ce commentaire accompagné d'un crachat de belle taille. Pour la partie intime, je ne saurais dire si le matelot a raison, mais pour le reste, c'est bien observé, le temps est effectivement en train de se gâter sérieusement. Le ciel s'est encore assombri. Nous sommes de plus en plus secoués par l'arrière de la frégate. « Avec la marée qui descend, on talonne su'l'fond », intervient le marin cracheur. Corréard qui a parlé à un officier est beaucoup moins optimiste que tout à l'heure. « En fait, nous avons chanté victoire trop tôt. Nous sommes sortis d'une fâcheuse posture pour nous retrouver dans une aussi mauvaise position et avec la marée qui est redevenue basse, on ne peut plus en bouger. C'est pour ça qu'on se prend des grosses secousses... Tout ça n'est pas bon pour la coque. Surtout si on continue à essuyer des grains. Faudrait pas que le temps se gâte encore. »

Les passagers n'ont pas mis longtemps, eux non plus, à se rendre compte que la manœuvre de déséchouage n'est pas le franc succès qu'ils ont fêté. Ils en déduisent qu'avec le mauvais temps et les coups répétés qu'encaisse la coque, l'évacuation est à nouveau d'actualité. On vient aux nouvelles, mais déjà la rumeur de l'abandon a fait le tour du navire, laissant dans son sillage une atmosphère explosive et délétère. Une tension alimentée de trouille et d'avidité.

Ordres, contre-ordres, désordre... La troupe la première a perçu à quel point le commandement est à la dérive et elle ne tarde pas à en profiter bruyamment. Des soldats hirsutes avec une barbe de plusieurs jours et les yeux rouges ont quitté l'entrepont, les batteries et une partie des cales où ils étaient cantonnés. Un vrai cloaque dans lequel ils sont entassés à près de deux cents, dans des conditions d'hygiène et de confort assez proches de celles des porcs, de la vache et des moutons du bord. Les soldats du régiment d'Afrique n'ont été autorisés à quitter leur antre que pour aider au pompage et au halage. Pour eux la perspective de l'évacuation, au-delà des inquiétudes qu'elle suscite, a d'abord le goût excitant de la liberté. Elle a aussi celui, tout aussi fort, de l'alcool qui leur a manqué. Depuis le début de la traversée, leurs supérieurs les ont mis au régime sec, ou presque, et la distribution de tout à l'heure a ravivé leur soif. D'un seul coup de hache, un borgne à la paupière cousue a mis une barrique en perce sous les acclamations grasseyantes et braillardes de ceux qui tendent leur quart ou leur chapeau pour l'emplir d'un vin presque noir. Un autre soudard l'a rejoint. Il grimpe à califourchon sur la barrique et, la vareuse ouverte sur un torse curieusement imberbe et blanc alors que son visage est rouge et velu, il entonne à tue-tête ce qui ressemble à une chanson paillarde en portugais. Un couplet, pas plus, car le cavalier chantant est désarçonné par le borgne et il choit lourdement en se cognant l'occiput sur le pont à la grande joie des buveurs qui accompagnent la chute d'une clameur. Libation libératrice, la troupe se défoule. Le vin aidant, les malles laissées à l'abandon par les passagers prêts à l'évacuation sont pillées. Sur le bateau comme au ciel, les éléments peuvent se déchaîner à tout moment...

Le calfat Girodeau en est conscient. Il était monté prendre l'air sur le pont et se heurte à trois canonniers aux yeux injectés. Les bras chargés de bouteilles et de lingerie, les artilleurs se justifient : « Y a pas d'offense à ce qu'on soye les premiers servis, vu qu'les rats y vont quitter l'navire avant nous z'autres... » Le soldat qui a pris la parole a des yeux de baudroie et la veulerie de ces bagarreurs d'estaminet qui cherchent à frapper par surprise. Le calfat en a vu d'autres. Il le fixe sans broncher. Le soldat ivre exhibe des jupons de dentelles qu'il porte à son nez piqué comme une vieille aubergine : « Ça sent bon la femelle... L'Emp'reur il l'a dit : eul pillage c'est la récompense du soldat... L'Emp'reur il est plus là, mais nous on l'est des soldats et on prend not' dû ! » Tout en continuant d'éructer, il menace le maître-calfat d'un flacon d'armagnac qu'il tient par le goulot : « Et faudrait voir à nous laisser passer, chef, rapport qu'on est pressés... Ces messieurs et moi, on a encore d'l'ouvrage. » L'haleine chargée comme un portefaix, le soldat ricane gras. Sans cesser de soutenir son regard, Girodeau lui assène un sévère coup de genou dans l'entrejambe, assorti de deux coups de poing simultanés sur les oreilles... Ahanement, bruit de verre qui se brise. Le gros soldat, une main sur le bas-ventre, l'autre sur une oreille, s'affaisse lourdement et vomit dans un répugnant gargouillis. Ses deux acolytes ne perdent de temps ni en héroïsme ni en compassion. Abandonnant leur meneur à ses déjections et leur butin sur le pont, ils rebroussent chemin sans demander leur reste. Dans l'agitation générale, la rixe est passée presque inaperçue. Ni les passagers qui arpentent en tous sens les coursives, ni les soudards qui continuent à boire et à se répandre bruyamment dans tout le navire qui leur était jusque-là interdit ne prêtent attention au gros soldat sonné dans sa flaque fétide. Le maître-calfat ramasse l'une des bouteilles laissées par les deux fuyards, en avale une gorgée, s'essuie la bouche d'un revers de manche et balance la bouteille à la mer.

En rejoignant sa cale, il croise encore de nombreux braillards, mais sans incident. Tous ont les bras plus ou moins chargés. La plupart des cadres et des cabines ont reçu la visite des pillards. Le contenu des malles a été éparpillé dans une espèce de frénésie à la fois sacrificielle et récupératrice, prélude à l'abandon. Certains voyageurs ont d'ailleurs spontanément distribué la partie encombrante de leurs biens qu'ils considèrent comme désormais inutiles. Les soldats et les marins se sont jetés sur l'occasion et enfouissent dans leur paquetage tout un bric-à-brac qu'ils ne pourront emporter.

Ce mouvement de mise à sac quasi autorisé s'est propagé en moins de temps qu'il n'en faut pour faire sauter une serrure de malle. Des membres de l'équipage ont suivi les soldats, quelques passagers aussi, et c'est à qui écumerait le plus et le plus vite. Logique compulsion ! Ce sont ceux qui ont le moins à perdre qui ont le plus envie d'accumuler.

Sur la dunette, Poinsignon pour sa part accumule surtout les griefs envers cet incapable de Chaumareys sans qui cette calamité ne serait jamais arrivée. Mais il a beau pester intérieurement contre ce capitaine hors d'âge qui ne sait même pas reconnaître les flux d'une marée, c'est à lui, Nicolas Poinsignon, commandant les bataillons d'Afrique, et à personne d'autre, qu'il incombe de ramener la troupe à la subordination. Pour reprendre le contrôle de ce bataillon de pendards et d'excités en train de basculer dans le pillage et l'insoumission, Poinsignon sait qu'il n'y a pas mille solutions. Il faut d'abord trouver les meneurs et ensuite, de deux choses l'une, ou les punir ou les circonvenir. Le plomb dans le corps ou l'argent dans la main ! Ces choses-là ne s'apprennent pas à l'Ecole de guerre, mais sur le terrain.

CHAPITRE XII

Le caporal Goucheniot est tout à son affaire. Coincé entre deux sacs de haricots secs, il besogne à grands coups par la poupe Maryvonne Belus qui, vu les cris d'encouragement qu'elle pousse – « Vas-y mon salaud ! » – a l'air d'apprécier l'assaut. Et le salaud y va de bon cœur. Il est même assez pressé d'en finir, car outre le fait que ladite Maryvonne est l'épouse attitrée d'un autre caporal par lequel il n'aimerait guère être surpris, Goucheniot est attendu par son adjudant. Mais penser à tout cela retarde son plaisir et il doit se concentrer sur les grosses fesses blanches et l'œillet mauve de la belle en accélérant la cadence pour y parvenir. Tandis que les « Oui, oui, oui » que pousse maintenant Maryvonne sont étouffés par le ballot de tabac qui tient lieu d'oreiller, Goucheniot, les yeux vides, conclut en haletant d'un « Tiens, t'en veux, prends ça ! ». En remontant sa culotte, après s'être rapidement essuyé dans les jupons de la cantinière, le caporal salue la belle avec une galanterie tout aussi sommaire : « Putain, ça fait du bien ! » et rejoint l'adjudant qui l'attend, adossé à une bouche à feu, en mâchouillant une carotte de tabac.

« Faut que j'te cause, Goucheniot, mais avant tu vas m'jurer d'savoir fermer ton bec...

— J'suis un mur ! Alors si c'est pour colporter, c'est pas à moi qui faut parler...

— Ecoute-moi donc, corniaud, au lieu d'faire ton vantard ! C'est rapport à l'évacuation. J'sais que chez les gars y a d'la crainte qu'on les laisse su' l'raffiot. C'est des menteries, tout ça... On va évacuer et la troupe elle va embarquer sur l'radeau ! Et les officiers, ils comptent sur des soldats comme toi pour faire passer le mot. Mais attention, mon p'tit Goucheniot, tu s'ras pas perdant. T'auras du boni. Vous êtes une dizaine qu'on a choisis avec la chefferie et, si vous faites comme on vous dit, vous aurez vos places dans les canots réservés et d'l'avantage à l'arrivée... Parole de sous-officier !

— Faut juste que j'rassure les gars ?

— T'as bien compris, sac à vin ! Mais faut faire vite. T'as qu'à leur dire qu't'as surpris un gradé qui disait que l'radeau, c'était plus sûr que les canots... Et à ceux qui t'croient pas, tu dis que toi en tout cas c'est là d'sus qu'tu vas. T'es un meneur, Goucheniot, t'as d'la mentalité, sûr que les gars y vont t'écouter... Allez salut, tu m'as pas vu! »

Goucheniot n'est pas mécontent de sa journée, il a bu de l'armagnac d'aristo provenant de la réserve de l'état-major. Il a volé une montre-gousset en or qui indique 7 heures du soir passées et subtilisé aussi deux paires de bottes de chevreau dans une malle. Il a culbuté la Maryvonne et voilà qu'il a en plus l'estime et la confiance de ses chefs et sa place dans une chaloupe assurée... Le caporal se le dit sans hésiter : Certains jours, ça a du bon, l'armée.

Quatre heures plus tard, c'est-à-dire vers 11 heures, le commandant Poinsignon est également d'assez bonne humeur. L'insubordination ne s'est pas aggravée en rébellion. Son plan qui consiste, par la flagornerie et les promesses de menus avantages, à se servir des soldats comme Goucheniot pour qu'ils ramènent leurs congénères à de meilleurs sentiments, semble porter ses fruits. La tension a baissé de plusieurs crans. Certes, il reste encore des soudards énervés par le rhum et le vin, mais les officiers sont en train de reprendre la situation en main. La troupe obéit à nouveau, et elle s'est assoupie. Dans l'entrepont, malgré les craquements incessants de la coque qui souffre, on entend maintenant plus de ronflements que de chansons à boire. Schmaltz, qui a pris le commandement des opérations, lui a fait part de sa « profonde satisfaction » et de son intention de s'adresser aux hommes. Poinsignon tout en passant la main sur ses lèvres toujours tuméfiées considère aussi, après mûre réflexion, que l'armée, ça a du bon.

Chaumareys quant à lui n'en dirait pas tant. A 1 heure du matin, l'armée, il s'en fout. Du reste aussi d'ailleurs. Malgré le bruit de la mer, il finit par entendre que l'on cogne à la porte de sa cabine : « Qu'est-ce que c'est ? » Qui vient le déranger à pareille heure ? Sûrement encore un de ces petits merdeux d'officiers qui va lui dire que la mer est agitée. C'en est un en effet, un jeune lieutenant qui a l'air fatigué. « Que voulez-vous ? » demande Chaumareys. Les mots lui poissent à la bouche, il avale une lampée, puis tend la bouteille à l'importun : « Tenez, buvez mon ami, ça vous changera de la flotte ! » Gêné, le jeune officier de marine décline : « Je vous remercie, Monsieur, mais je suis venu pour vous informer que l'eau remonte à mi-cale, que les hommes affectés aux pompes sont épuisés et que leur travail ne sert plus à rien puisque *La Méduse* fait eau par l'arrière... » Chaumareys regarde le lieutenant d'un air aussi bonasse que peu concerné : « Qu'y pouvons-nous, mon pauvre ? Buvez plutôt et si vous n'aimez point mon vin, rendez-moi la bouteille... Nous ne risquons pas de couler, nous touchons déjà le fond ! » Une secousse plus forte que les autres envoie Chaumareys s'écraser contre la cloison. Il s'effondre dans une euphorie pâteuse en proférant un « Foutre Dieu » étouffé. L'officier se précipite mais Chaumareys dédaigne son bras. Il saigne du nez et s'essuie avec le revers de sa chemise en reniflant : « Ce n'est rien, mon ami, une saignée n'a jamais fait de mal à personne... surtout pas à moi... » Le lieutenant observe le vieil homme au nez sanguinolent et au regard absent. Il hésite entre la pitié et le mépris puis choisit finalement la sortie.

Le bruit est effrayant. Les loupiotes qui balancent au gré du tangage et dont l'éclairage dramatise les visages n'arrangent rien. Dès qu'on s'enfonce dans l'intérieur de la frégate, le choc des vagues et le pilonnage du radeau qui, malgré son arrimage, vient cogner par bâbord résonnent des cales à l'entrepont dans un fracas assourdissant. Dans les cadres, sur les paillasses, plus personne ne dort. Même les plus imbibés des marins et des soldats ou les plus abrutis de fatigue, sont arrachés au sommeil. Sonnés, hagards ils rassemblent comme les passagers leur barda, leur butin, leur paquetage, leur musette ou leur balluchon et tentent de se frayer un passage vers le pont où s'entassent déjà, dans le vent et les grains de la nuit toujours noire, pas loin de trois cents personnes. On crie pour s'entendre en plusieurs langues et dans divers patois, on se cherche dans cette mêlée où l'angoisse l'emporte sur la véhémence. Des bousculades, mais pas de vraie violence. Certains soldats n'en ont pas moins leur arme à la main. Les officiers sont débordés. Pas tant par la troupe toujours prompte à se monter la tête que par les passagers qui gênent les préparatifs d'évacuation.

Le gouverneur lui-même, bien qu'entouré d'une garde rapprochée fendant pour lui la foule, a du mal à se frayer un passage pour gagner la dunette avec sa liste et son porte-voix. Il enjambe des corps assis ou allongés, tandis que la mer en colère ne cesse de botter méchamment le cul de notre frégate en déshérence.

J'ai été tiré de mon cadre à 3 heures du matin par un bruit effroyable. J'avais pourtant réussi à m'endormir malgré le vacarme incessant. Mais ce bruit-là, bien différent des claques brutales des vagues et du radeau, m'a arraché avec brutalité du sommeil. Corréard est déjà levé : « C'est le gouvernail qui s'est détaché, il ne tient plus que par ses chaînes, donc pas moyen de manœuvrer. On quitte le navire ! Et tu ferais bien de te hâter parce que le gouverneur Schmaltz et les officiers sont en train d'annoncer les affectations. Ils ont établi une liste...

— On est dans le même canot ?

— Dans le même radeau ! mais la côte n'est pas loin... moins de deux jours ! »

Canot, radeau, le cul au sec ou les pieds dans l'eau, c'est juste une différence de confort... Je fourre en vrac dans mon sac ce qui traîne dans mon cadre : deux chemises, ma trousse de chirurgien, un chapeau, les *Réflexions politiques* de Chateaubriand, et un peu du biscuit qu'on nous a distribué hier. En croquant dedans, je comprends pourquoi, même en temps de paix, cette chose s'appelle du « pain de guerre » : c'est une vraie bataille pour en venir à bout. J'ai l'impression de m'attaquer à un morceau de bois, mais ça sustente et j'en ai besoin.

Sur le pont, c'est la cohue et la désolation. La nuit est grise et la lueur des lanternes vacillantes dramatise des centaines de visages tournés vers la dunette sur laquelle je distingue plusieurs officiers en tenue d'apparat dépareillée. Notre capitaine qui, malgré son grand uniforme, n'a pas très belle figure, et le gouverneur en bleu et or qui appelle au calme dans son porte-voix. La mer ne l'écoute pas. Les vagues redoublent d'intensité, mais Schmaltz continue : « Au nom du roi, je vous en fais le serment, aucun d'entre vous, je dis bien aucun, ne sera abandonné sur le bateau... Que votre place soit sur les canots ou le solide radeau que nous avons construit, tout le monde va embarquer... » Au mot « radeau » des sifflets s'élèvent de la foule « C'est l'radeau pour l'enfer, ton affaire, t'as qu'à y monter si t'en es si fier... »

lance une voix aussitôt acclamée. Mais Schmaltz, imperturbable, poursuit : « Ce radeau est très sûr, nous l'avons renforcé, il sera pris en remorque et le bataillon du Sénégal ainsi que les passagers qui vont y embarquer n'ont rien à craindre, un officier de marine le dirigera, le...

— Menteur ! »

A nouveau les huées. On me tape sur l'épaule, c'est Sophie, la femme de chambre de Madame Schmaltz : « Je suis sur le canot du gouverneur et vous ? » Sa joie iconoclaste réchauffe le petit matin poisseux.

« Euh, moi... sur le radeau... » Son regard ne s'attriste pas longtemps. Elle me prend la main et, se frayant un chemin dans la cohue du pont, elle m'entraîne, silencieuse, vers la cabine de sa maîtresse. Avant que j'aie ouvert la bouche, elle me fait signe de me taire et me pousse dans un réduit sombre dont la porte s'ouvre sur la coursive. La pièce est noire et sent le linge frais, sa bouche est rose et son corps exhale un mélange de cannelle et de transpiration. Froissement de tissus, halètements... Ma langue s'attarde sur l'extrémité de ses seins, sa main s'est refermée sur moi. Elle m'attire à elle en se laissant tomber à même le sol. Les genoux relevés, elle m'enserre de ses cuisses et ses chevilles sur mon dos me poussent en elle au plus profond, lui arrachant un soupir rauque. L'urgence n'enlève rien à la douceur, mais le plaisir nous assaille violemment et sans prévenir. À travers les cloisons de bois nous parvient, étouffée, la clameur du pont. Nous restons un long moment imbriqués, à même le caillebotis de ce réduit, où l'odeur de goudron se mêle aux épaisses senteurs du rut.

CHAPITRE XIII

5 juillet 1816. 5 heures du matin. Chaumareys est assis seul dans sa cabine dont le plancher, dans la partie la plus inclinée de la frégate, commence depuis l'arrêt des pompes à prendre l'eau. Il ne boit pas, il ne dort pas, il est plongé dans une introspection morose, mais non dénuée d'acuité. Il se demande si son crédit est aussi abîmé que la coque de *La Méduse* qu'il est censé commander. S'il lui reste un espoir de sauver la face, à défaut d'avoir pu sauver le bateau. Il pense avoir encore une petite chance de s'en tirer, sinon avec les honneurs, du moins sans excès d'indignité : se draper dans le rôle du commandant qui, après avoir quitté le bateau le dernier, met un point d'honneur à conduire les canots, les chaloupes et le radeau à bon port. Mais, dans l'ordre des priorités, Chaumareys aimerait auparavant pouvoir se sécher les pieds qui, dans ses bottes, commencent à se ratatiner.

Le commandant Poinsignon a lui aussi les pieds dans l'eau. Il est même trempé jusqu'à la ceinture, ce qui refroidit non pas son ardeur, mais son vit. Si Poinsignon est ainsi mouillé, ce n'est pas parce que sa cabine est en partie immergée, c'est que, pour l'exemple, il est descendu sur le radeau, suivi de deux officiers de terre, afin de montrer à ces couards de la troupe qu'on y tient debout sans se noyer. Las, déséquilibré par la gîte, le commandant du bataillon d'Afrique a glissé du madrier sur lequel il s'était juché et s'est retrouvé toujours sur le radeau, mais le cul dans l'eau. Ce qui, malgré les circonstances dramatiques, n'a pas manqué de provoquer l'hilarité de ces bons à rien. L'effort de Poinsignon n'est pas vain pour autant puisque, un par un, en maugréant ou en faisant les fanfarons pour cacher leur appréhension, les soldats s'agrippent aux drisses et commencent à descendre prudemment sur ce satané radeau qui leur est destiné.

La place est comptée : pas de gros paquetage ou de lourd barda. Tout ce qui peut ressembler à un vague promontoire comme les caisses et les tonneaux est pris d'assaut. Cela incite le reste de la troupe à se décider. Une trentaine de soudards sont déjà installés sur ces emplacements privilégiés. Les sous-officiers les encouragent, alternant menaces et grosses plaisanteries : « Hardi les gamins, rien de tel que d'avoir d'la flotte plein les bottes pour avoir l'pied marin. Et pour ceux qui l'ont pas, un bon coup de crosse sur les doigts ! »

Poinsignon, qui a sa place retenue sur un canot, en profiterait bien pour remonter sur le pont, mais le flux des soldats qui descendent l'en empêche. Il ne va quand même pas attendre qu'ils soient tous embarqués. Plus de cent cinquante bonshommes ! A ce train, il y sera encore demain. En haut de l'échelle de coupée, un fantassin à la barbe très noire s'agrippe des deux mains : « Moi j'monte pas là-d'sus, j'préfère crever tout d'suite ou m'faire fumer la cervelle d'un coup d'mousquet ! » Cette tête de mule freine des quatre fers en se cramponnant au bordage. Poinsignon ne laisse pas passer sa chance. Il saisit la drisse et l'échelle et se hisse promptement jusqu'au récalcitrant qui lui bouche le passage : « Allez, soldat, du courage ! Faites comme vos camarades et vos officiers, le temps presse, il faut y aller. » Le militaire est éberlué. Il attendait des remontrances, voire des coups venant du pont au-dessus de lui, mais voilà que le commandant du bataillon du Sénégal en personne surgit par en dessous. Le soldat s'efface, penaud, du côté gauche de l'échelle en bredouillant : « Oui mon commandant ! » et, une fois Poinsignon passé, il descend sur le radeau sans autre commentaire. L'embarquement reprend. Les soldats marquent toujours un temps d'arrêt avant d'abandonner le bateau qui, même mal en point, leur semble quand même plus sûr que cet agrégat de bouts de bois et de barriques qui s'enfonce dans l'eau sous leur poids. « Si vous embarquez les premiers, c'est parce que la troupe a priorité sur les autres passagers » leur ont martelé leurs supérieurs afin d'éviter qu'ils ne se précipitent sur les chaloupes et les canots.

Il est maintenant 7 heures du matin, le firmament s'est éclairci. Le gris presque noir des nuages encore nombreux tranche sur les premières lueurs orangées du soleil. Sur le pont, c'est toujours une sombre pagaille. Encombrement et bousculade. Inertie et précipitation. Les gens sont supposés se regrouper en fonction des embarcations pour lesquelles ils ont été désignés, mais les désaccords sont nombreux et engendrent négociations, cris ou supplications. Les uns qui palabrent entravent les coursives et le pont. D'autres sont pris d'une agitation désordonnée. On assiste même à quelques empoignades suivies en un rien de temps d'échanges de coups. Des coups de poing, mais aussi de couteau. Un marin s'est retrouvé avec une longue estafilade sur l'avant-bras en détournant la lame d'un soudard, désormais retranché dans le coin où s'agglutine la troupe destinée au radeau. L'embarquement des soldats se poursuit dans l'aboiement caractéristique des sous-officiers : « Suivant, suivant, allez, plus vite que ça ! Avance, bourrique ! »

Toute cette fébrilité ralentit les manœuvres de chargement des embarcations en vivres et en eau. Le ressac qui n'a pas molli ne les facilite pas non plus. Plusieurs tonneaux et des caisses de biscuits lancés maladroitement dans les chaloupes et les canots ont fini dans l'eau et dérivent déjà loin du bateau, ballottés par les vagues.

Image biblique. Près de quatre-vingts soldats sont maintenant debout sur le radeau. Ils semblent marcher sur les flots. Ce ne sont pas quatre-vingts Christ fendant à pied l'onde du lac de Tibériade, mais quatre-vingts soldats dépenaillés et barbus du régiment du Sénégal en plein milieu de l'océan Atlantique, sur un tas de planches que leur poids enfonce sous l'eau. Quant au père du Christ, il semble se désintéresser au plus haut point de nos tourments. L'évacuation de *La Méduse* ne fait que commencer et nous n'avons nul miracle à attendre du ciel. Ni d'ailleurs de la hiérarchie, malgré ce que croit Corréard qui tente encore de négocier notre affectation au canot de la Société des explorateurs du Cap-Vert. J'ai voulu l'en dissuader mais il a insisté. On ne va pourtant pas barguigner des heures, se laisser aller à des jérémiades de donzelle pour essayer de figurer sur la liste des élus des canots. Je n'ai cure des minables manigances de l'état-major à propos des bordereaux qui nous répartissent dans les embarcations et dont ils ont déjà moultes fois modifié les noms au gré des prébendes ou des protestations. A la guerre comme à la guerre, nous naviguerons avec la troupe. Passagers, soldats, matelots, nous avons tous rendez-vous à la côte du désert, celle que nous distinguons droit devant nous, à l'horizon. Et comme nous naviguerons en remorque, nous filerons sur le radeau ni plus ni moins vite que la yole, les chaloupes et les canots du convoi. Ce qui m'importe, c'est de la gagner, cette côte, fût-elle désolée et inhospitalière. De mettre enfin le pied sur un sol qui ne se dérobe pas sous mes pas. D'en terminer avec cette humidité salée qui me ronge le corps et finit par me corroder l'esprit. J'en ai mon saoul de cette frégate pourrie, de son capitaine cacochyme, de ces soudards qui gueulent au vent, des reîtres qui les commandent. Je n'en peux plus de la viande boucanée, des lentilles, des pois cassés et des poires tapées... Je ne supporte plus mon cadre qui suinte le moisi, toute cette flotte qui nous entoure depuis trop de jours, tous ces gens qui se pressent, se bousculent, se guettent, s'ignorent, s'invectivent et ne pensent, comme moi et les nombreux rats du bord, qu'à sauver au plus tôt leur peau de ce foutu bateau !

CHAPITRE XIV

Il ne reste plus beaucoup de monde sur le pont, les canots sont pleins, la gouvernante de Madame Schmaltz a embarqué à bord de celui de ses maîtres en me lançant un dernier baiser. Il va me falloir à mon tour quitter le navire. J'observe à travers le bordage la cohorte vocifératrice et résignée qui se tient sur le radeau. J'ai déjà été à plusieurs reprises fermement invité à embarquer par un sergent qui n'a plus de voix à force de gueuler et qui a fini par renoncer. Mais, cette fois, il faut y aller. Corréard qui vient de descendre sur le radeau a raison : il ne s'agit pas de gagner les Amériques avec cette pauvre embarcation, mais de rejoindre la côte. Elle n'est pas si loin. Par temps clair, on la voit du banc d'Arguin. Juste un mauvais moment à passer. Pas une éternité. Par ce vent et ces courants, on me l'a assez répété, nous serons à terre promptement. Je tente de me rassurer en me répétant ces banalités. Mais à vrai dire et sans forfanterie, je ne ressens pas trop d'appréhension à m'embarquer sur ce fameux radeau. Je ne m'y sens pas seul. Corréard qui a échoué dans sa tentative de nous faire grimper sur le canot de la Société des explorateurs du Cap-Vert est déjà à bord. Mais surtout, je suis saisi d'une sorte de hâte simpliste : plus vite nous partirons, plus vite nous parviendrons à terre.

« Allez, le charcuteur, on t'a réservé la meilleure cabine... » Du radeau, un massif caporal que j'ai guéri d'un panaris m'a reconnu. Il porte une vareuse de marin sur une culotte rouge de fantassin et me fait de grands signes, assis sur un tonneau de vin à l'avant du radeau. Enfin l'avant, c'est un bien grand mot, ce pourrait tout aussi bien être l'arrière, tant l'esquif est informe et enfoncé dans l'eau. Les voisins du caporal y vont d'un rire bruyant et un sergent boudiné dans son uniforme mouillé qui lui colle à la bedaine lui lance, goguenard : « Dis donc, l'Museux, tu nous as trouvé un officier de santé pour nous soigner, c'est bien ! Mais y nous faudrait aussi un officier d'marine pour m'ner c't'enclume à bon port, ou un curé pour nous coller l'onction avant qu'on soye tous envoyés par eul' fond... » Nouvelle et grasse rigolade des troupiers qui assurément ne se remontent pas le moral à l'eau de mer. Ceux-là n'ont pas choisi en vain de s'installer sur un fût de vinasse. Ils profitent à la fois du contenant comme promontoire et du contenu comme exutoire.

Le ciel semble sale et leur fait des gueules assorties. Ai-je la même trogne qu'eux ? Je passe ma main sur mes joues. Barbe de trois jours, peut-être quatre, je ne sais plus. Les poils sont déjà longs mais encore râpeux et irritants, comme le col de ma chemise cartonnée par la sueur et le sel. Sur l'échelle de coupée, j'ai sûrement, comme les autres passagers du radeau, les yeux rouges et le visage marqué des stigmates de notre mésaventure. Je ne peux me voir mais je sais que je fais désormais partie de cette piétaille de pouilleux en partance pour une terre aussi incertaine qu'inconnue.

La houle me plaque à la coque, la corde de l'échelle me scie les doigts. Elle est un peu courte pour atteindre le radeau qui, le long de *La Méduse*, fait de dangereuses embardées. Alors que je pose le pied sur le dernier barreau, on m'empoigne : « Aie pas peur, chirurgien, on te tient... Laisse aller, bienvenue chez les damnés ! » Quand mes pieds trouvent le radeau, l'eau m'arrive à la ceinture et me saisit le bas-ventre. Nous sommes serrés, la partie supérieure de nos corps baigne dans une malsaine moiteur. Je ne saurais dire à combien nous nous entassons au coude à coude, mais c'est impressionnant. Au gré du ressac, l'eau nous arrive à la ceinture ou aux genoux, jamais plus bas. Je n'ai plus la sensation de me trouver à bord d'une quelconque embarcation mais dans un bassin pour des ablutions collectives.

« Macarelle ! » Dans un juron teinté d'accent du Sud, un sous-officier vient de basculer dans la mer. Il voulait retourner sur le bateau chercher du biscuit et a glissé. Il s'en est fallu d'une vague qu'il n'ait la tête broyée entre la coque de *La Méduse* et le radeau. Rouge et dégoulinant, l'homme réussit malgré tout à se hisser jusqu'au bastingage de la frégate et à s'y agripper. Un marin l'aide à remonter. Il n'est pas loin de 9 heures, la bourrasque souffle de l'est. Les avirons des hommes du canot major et du grand canot auquel nous sommes arrimés s'animent. L'homme qui était tombé à la mer s'agite sur le pont de *La Méduse* abandonnée. Il ne pourra plus regagner le radeau, cette fois les dernières amarres qui nous retenaient au flanc de la frégate ont été larguées.

Nous sommes à la remorque. Notre radeau est tiré par les deux canots que nous ne pouvons aider, puisque nous n'avons ni voiles pour soulager la marche, ni avirons pour ramer. La mer mousseuse est pleine de débris divers qui dérivent : des caisses plus ou moins éventrées, une vareuse, des effets féminins, une malle de cuir détrempé, un baril de farine flottant entre deux eaux disparaissent et réapparaissent au rythme des flots. Un shako qu'un officier a dû laisser échapper se balance, dérisoire, dans l'écume encrassée. Nous mettons un temps fou à le dépasser, comme s'il avait décidé de nous suivre. Ça bouge, ça tangue, dans les creux j'ai parfois de l'eau jusqu'à la poitrine. Les paquets de mer se dressent devant nous comme un haut mur vert-de-gris près de s'effondrer sur nos têtes. Au tout début, les soldats fanfaronnaient en chœur accompagnant d'un tonitruant « Oooooooooooooooooohé » le mouvement de chaque grosse vague qui nous soulevait. Maintenant chacun se tait, cramponné à ce qu'il peut. Certains même ferment les yeux quand la vague arrive.

Sur les chaloupes, les passagers sont sans doute tout autant chahutés, mais ils sont assis et au sec. Un officier du canot major s'époumone dans un porte-voix. D'ici, nous n'entendons pas ce qu'il dit, des mouettes viennent ajouter leurs cris au fracas qui nous entoure, à l'angoisse qui nous étreint.

*

Hugues de Chaumareys a de la bile dans la bouche et la perruque en bataille. Cramponné au banc de nage de la chaloupe à bord de laquelle il a embarqué en catastrophe, il est trempé d'eau, d'urine et de mauvaise sueur. Il a senti passer de près, non pas le vent du boulet, mais le sifflement de deux balles de fusil. On lui a tiré dessus au moment où il quittait la frégate. Il ne sait pas qui. Il a juste entrevu près du beaupré plusieurs marins dont un immense au crâne rasé qui le conspuaient : « Couard, usurpateur, assassin ! » Par chance, le tireur était maladroit. Il n'empêche que les balles sont passées tout près et que ces choses-là vous marquent un homme, même quand elles ne le touchent pas.

Ses pensées sont aussi sombres que les nuages de la bourrasque. Il commandait une fière frégate, le voilà sur une misérable barcasse, le cul mouillé, le froc souillé. Il n'a pourtant pas failli à son devoir. Rester le dernier à bord de *La Méduse* ou prendre la tête du convoi des embarcations de sauvetage ? Il fallait faire un choix. Il a fait celui de quitter le navire. On l'y a aidé. Un officier loyal et bien né, ce petit Rang des Adrets qui mène le canot et l'a maintenu tandis qu'on l'y faisait descendre. Dans la quinzaine de naufragés qui sont restés sur *La Méduse*, chacun sait qu'on trouve en priorité soit des salopards de pillards qui méritent de toute façon d'être jetés aux poissons, soit des poltrons qui refusent de se retrouver sur le radeau. Mais il y a aussi des retardataires qui n'avaient pas respecté leur affectation et que Chaumareys n'a pas attendus. A ceux-là, il veut donner une dernière chance : « Monsieur Rang !

Qu'on se porte à hauteur de la chaloupe et qu'on la renvoie au bateau chercher ceux qui souhaitent évacuer ! » En lançant l'ordre, Chaumareys remonte d'un cran dans sa propre estime. Il se prend à nouveau pour un capitaine au long cours, et au grand cœur.

*

La bouline disparaît sous l'eau puis en ressort tendue à craquer, donnant des à-coups à tout le radeau. Je dis « bouline » parce que je ne connais ce mot que depuis quelques minutes. C'est ainsi que les marins nomment le cordage qui sert d'ordinaire à maintenir les voiles de biais pour leur faire prendre le vent de côté et que le grand canot utilise comme amarre pour nous remorquer. Ce n'est pas que j'aie soudain pris goût aux choses de la navigation, mais un matelot m'a demandé de l'aider à « tirer sur la bouline » que j'avais prise pour une haussière. Nous sommes toujours debout, serrés, trempés mais, après l'appréhension du départ, les langues se sont déliées. Nous partageons la conviction que nous serons à bon port ce soir ou demain au plus tard. Entre les canots qui nous remorquent et la grosse chaloupe qui, passant à notre hauteur, nous a salués au porte-voix et à qui nous avons répondu par une joyeuse clameur, l'ambiance est à l'optimisme général. J'ai réussi pour ma part à me jucher sur une caisse. J'y suis presque au sec. La mer est moins forte, nous n'avançons cependant ni très vite, ni très droit, mais tout le monde veut y croire. Moi, j'y crois.

*

Madame Schmaltz a ses céphalées. En dépit de son chapeau et des nuages, elle tient le soleil pour premier responsable de ses maux. Les à-coups incessants du grand canot lui endolorissent la nuque et le claquement de la voile résonne à ses tympans. Emmitouflée dans une longue cape parme, l'épouse du gouverneur du Sénégal est d'humeur geignarde. D'un ton qui rappelle à son mari celui de la poularde en couvaison, elle s'enquiert : « Quand serons-nous à Saint-Louis ? J'ai l'impression que malgré nos avirons et le vent, nous n'avançons guère.

— Vous n'avez pas tort, mon amie, nous sommes trop lourds et le jusant nous tire vers le large... Voilà qu'en plus ce petit lieutenant qui mène la chaloupe voulait encore nous donner des passagers en surnombre. Comme si nous n'étions point déjà assez handicapés par ce radeau plein de soldats qui est pis pour nous qu'un boulet de forçat... »

Les deux voiles sont bordées et les 14 avirons

plongent en cadence dans le flot, mais les rameurs ont l'impression que leurs efforts sont vains. La lutte avec les courants est inégale. Le canot major qui remorque le grand canot du gouverneur, lequel traîne à son tour le radeau, est lui aussi à la peine. Malgré le vent favorable qui pousse à la côte, la marée prend le dessus et tire vers le large.

CHAPITRE XV

Hugues de Chaumareys aimerait comprendre. Il a beau avoir l'esprit quelque peu embrouillé à propos des marées et des courants, il se rend bien compte qu'il se passe quelque chose d'anormal. Son canot était en tête du convoi. Dans l'ordre, il était suivi du canot du Sénégal, puis du canot major. Et enfin, derrière eux le grand canot du gouverneur remorquait le radeau. Non arrimées au convoi, la petite yole et la grosse chaloupe étaient chargées, quant à elles, d'assurer les communications d'une embarcation à l'autre. Or voilà que le grand canot où sont installés Schmaltz, sa famille, ses amis et domestiques qui était en quatrième position se retrouve en train de les dépasser. Et surtout... le radeau n'est plus derrière lui !

Pourquoi ce soudain renversement de situation dans le convoi ? Où est passé le radeau ? Pourquoi ne l'informe-t-on pas ? L'enseigne de vaisseau debout à l'avant du canot sait sûrement de quoi il retourne et Chaumareys le questionne non sans inquiétude :

« Quelle est cette manœuvre ?

— Je crois que la remorque a rompu, Monsieur !

— Quelle remorque ?

— Celle du radeau, Monsieur !

— Euh… eh bien allons au plus tôt la reprendre ! Mais demandez au canot du gouverneur ce qu'ils font… Schmaltz a peut-être un nouveau plan de navigation ? »

L'officier prend le porte-voix et il répète la question de Chaumareys en direction du canot du gouverneur qui a pris de la vitesse et occupe maintenant la première position : « Quelle est la manœuvre ? »

La réponse se perd dans le vent : « La… morque… ompue… Nous… »

L'enseigne de vaisseau crie cette fois dans le porte-voix en détachant chaque syllabe : « Nous n'a-vons-pas-en-ten-du, ré-pé-tez !

— Morque coupée… Trop… lourd… ordre… bandon… »

Une mauvaise vague éclate sur le plat-bord de bois verni. Chaumareys n'a pas tout entendu, mais ce qu'il voit lui suffit. La manœuvre est claire : le canot major et celui du gouverneur mettent maintenant le cap au sud-est, laissant derrière eux le radeau livré à lui-même, sans voile ni aviron : à la dérive et en perdition.

*

« Les salauds, les pourris, l'amarre est rompue, ils nous abandonnent ! » L'homme qui gueule ainsi me ramène brutalement à la réalité. Assis sur ma caisse, les yeux fermés, les pieds dans l'eau, je rêvassais. C'est un artilleur avec une veste à brandebourgs. Sous la chemise blanche nouée au canon d'un fusil qui nous tient lieu de pavillon, il brandit à deux mains la fameuse bouline. Coupée, effilochée, elle ne nous relie plus au canot qui nous remorquait. Nous n'avons rien pour influer sur la dérive du radeau : ni voile, ni gouvernail, ni même instruments de navigation ! C'est la mer qui décide de notre sort et de notre cap. Les deux sont liés : si nous dérivons vers le large, c'est la mort assurée. Tandis que je prends conscience de ces sinistres évidences, la colère monte sur le radeau. Les cris de rage impuissante fusent maintenant de tous bords : « Saloperie d'gouverneur ! J'l'avais bien dit que c'te vermine nous envoyait à la mort avec sa pourriture de radeau... On aurait dû l'crever tant qu'on était su' la frégate ! » éructe tout près de moi un fantassin hors de lui. Nous sommes si serrés que c'est comme s'il me hurlait dans le nez. Le sien est couperosé et son haleine pue la gnôle. De son côté, le caporal Museux n'en finit pas de répéter en hochant la tête : « Putain de moine, les crevures, ils ont coupé l'amarre ! Ils nous ont largué aux poissons comme des épluchures, comme des étrons. » Pour ma part, je me tais en regardant pendouiller lamentablement dans l'eau chargée d'écume jaunâtre, notre lien rompu avec le reste du convoi. Devant nous, les embarcations s'éloignent. Derrière, la coque de *La Méduse* échouée se dessine en sombre sur l'horizon.

Stupeur, colère, blasphèmes, horions et accablement... De la violence au silence, nous passons par toutes les formes du ressentiment. Mais à cet instant, la seule rage qui m'anime est celle de la survie. J'endure l'angoisse de l'abandon et notre impuissance, mais je ne peux ni ne veux me résoudre à croire que ce jour est le dernier de ma vie. Je n'ai nulle envie de mourir à 27 ans, bouffé par les baudroies et les merlans pour la plus grande gloire d'un barbon dégénéré de la Restauration et de ses affidés !

Peu m'importe qu'il s'agisse d'un accident ou que l'amarre ait été larguée sciemment. Dans un cas comme dans l'autre, nous venons d'être abandonnés en pleine mer comme on l'aurait fait d'un chapeau qui s'envole et tombe à l'eau et je refuse de crever comme ça... « Il nous faut trouver au plus tôt un gréement de fortune ! » Oui, c'est bien moi, si peu au fait de la chose maritime qui viens d'émettre d'un ton ferme et assuré cette impérieuse nécessité. Je ne saurais dire si c'est la colère ou l'adversité qui ont sur moi des effets stimulants, mais c'est la première fois depuis notre départ de Rochefort que je suis animé d'une pareille détermination. Et cela doit se voir parce que ma suggestion est aussitôt approuvée. Un lieutenant d'artillerie d'à peu près mon âge, qui me dit s'appeler Dupont me propose de « mettre la troupe à contribution ». Corréard qui n'en continue pas moins à réclamer une vengeance « sanglante et exemplaire » contre les auteurs de notre « abandon lâche et prémédité » suggère de s'y mettre de suite.

Dupont a fait repousser les hommes vers l'arrière afin de dégager un peu d'espace aux cinq ou six marins et soldats avec lesquels nous nous activons à essayer de façonner une voile ; enfin, un bout de toile suffisamment grand et solide pour prendre le vent et propulser notre lourde et informe embarcation. Pendant ce temps, des soldats, épaulés par le gros Museux, s'efforcent avec un bout d'aviron et du cordage goudronné de dresser un semblant de mât. L'objet a piètre apparence avec ses trois morceaux ficelés entre eux. Notre toile, qui commence à prendre tournure, n'a pas l'air non plus de sortir des ateliers des meilleurs maîtres voiliers. Nous cousons avec un couteau et des brins de cette foutue bouline, unique et fatidique cordage dont je sache l'usage et le nom. Je ne me suis jamais livré à pareil exercice, mais j'y vais de bon cœur. Il est près de 7 heures quand nous hissons le pan de toile brune et rapiécée au mât de guingois. Museux, d'un solide coup d'épaule le redresse. Deux marins aidés par un fantassin bordent notre voile en s'arc-boutant sur la drisse que nous avons tressée. Tout le radeau retient son souffle. Miracle ! Le mât résiste !

Et quand la brise, avec un claquement sourd, arrondit la toile rapiécée qui résiste elle aussi, c'est une acclamation générale qui nous salue. Nous ne prenons pas de vitesse pour autant, mais ce morceau de voilure nous donne une manière de contenance, l'impression, alors que le jour baisse, de maîtriser notre errance.

Si la voile prend bien le vent, difficile de savoir où il nous mène. Plus question de nous repérer grâce à *La Méduse* échouée car sa silhouette malgré tout rassurante a maintenant disparu de notre champ de vision. Plus rien à l'horizon... « Laressingle, oui c'est ça, Laressingle, c'est son nom. Ça y est, je m'en souviens, un charpentier... » Corréard qui depuis un moment semblait s'être assoupi après l'effort et avait cessé de menacer du pilori le commandant, le gouverneur et une bonne partie de l'état-major, se fraie un passage jusqu'à moi en répétant ce nom : « Laressingle, il faut que je lui parle... Il a une boussole, je l'avais remarqué, quand on construisait le radeau, il possède une boussole de poche. Il faut le trouver ! » D'un bond, le voilà sur la caisse à mes côtés, les mains en porte-voix : « Laressingle, charpentier Laressingle, si tu es à bord, lève la main !

— Ouais, l'ingénieur ! J'suis dans l'même bain que toi, qu'est-ce qu'il y a t'y pour ton service ?

— Approche ! »

Fendant la masse qui s'écarte tant bien que mal pour le laisser passer, Laressingle, un homme au ventre proéminent et au crâne largement dégarni a compris : « Ça s'rait t'y pas à ma boussole que vous en auriez ? » Il la tend à Corréard qui me la passe avec précaution. Je transmets à mon tour la précieuse petite boîte de bois dur à Dupont. Tout ne va pas si mal : nous avons dressé un mât, confectionné une voile, et même trouvé une boussole pour nous diriger. « Aide-toi, le ciel t'aidera. » Pourtant au-dessus de nos têtes hirsutes, le ciel d'un gris jaune menaçant n'a pas l'air au courant.

CHAPITRE XVI

« Septante-deux... à toi le gobelet, matelot ! » Déjà presque deux jours et une nuit que nous dérivons. J'ai fait procéder à une distribution de biscuits et de vin. Le caporal Museux, d'un coup de crosse bien appliqué, a débondé une de nos barriques. Le solide soldat remplit régulièrement un seau dans lequel deux marins dont l'un, à en juger par la couleur de sa trogne, a dû goûter de robuste manière le pichtegorne qu'il sert, emplissent à leur tour les quarts et les timbales. En dépit d'une mer assez formée, les récipients circulent sans trop se renverser. La tempête que nous avons redoutée tout au long de cette première nuit durant laquelle nous avons évidemment plus veillé que dormi, paraît toujours près de surgir. Le lieutenant Dupont, lui, assure l'appel. Nous avons attribué à chacun un numéro, cela évite que les mêmes soient servis plusieurs fois et nous permet aussi de nous compter. Quelques soldats butés ont oublié leur numéro ou donné celui d'un compère. J'en ai attribué 147 en tout. Peut-être sommes-nous plus nombreux, mais la mêlée est si compacte que je ne peux l'assurer. Et puis, que nous soyons cinq de plus ou de moins ne change pas grand-chose à cette distribution qui a moins pour objet de sustenter les corps que d'occuper les esprits.

Nous avons, dans le même temps, utilisé ce qui restait de la bouline pour tendre aux quatre coins du radeau un cordage en guise de bastingage que nous avons renforcé avec des tonneaux. Et je ne le regrette pas car les flots gris foncé qui nous entourent tardent à se réorienter vers la sérénité. Nous sommes si serrés les uns contre les autres que, dès que l'un de nous bouge, toute la masse pêle-mêle que nous formons entre en mouvement. « Nonante-trois... Toi on t'a déjà vu, soldat ! » Un artilleur aux oreilles décollées tente sans succès un coup de resquille. D'autres font le signe de croix et prient. Corréard pour sa part s'essaie à la diplomatie en répétant à un mousse nerveux : « Calme-toi, garçon ! » Ce dernier est blanc de rage et veut en découdre avec un soudard plus gros que lui qui lui a pris sa place sur une caisse de biscuits vide. Le butor finit, moyennant un gorgeon supplémentaire, par rendre son modeste piédestal au moussaillon.

Malgré sa voile toujours bien gonflée, notre

radeau surchargé paraît plus apte à se balancer sur les flots qu'à les fendre. Le jour tombe plus vite que notre embarcation n'avance.

*

Reine Schmaltz a vomi sur sa cape pourpre. Le vin, le tangage, la viande boucanée et les poires séchées, c'est plus que son estomac n'en peut supporter. Elle est confuse et pâle. Elle se tamponne les lèvres avec un mouchoir de dentelle, tandis qu'à ses côtés sa servante Sophie Diebo l'évente. Le gouverneur n'a pas suivi les débordements hypogastriques de son épouse, trop occupé qu'il est à faire forcer les voiles du canot major en scrutant la côte de Mauritanie à la lunette. Depuis la nuit il a en les devançant perdu de vue la chaloupe, la yole et les autres canots. Nulle raison de s'en inquiéter, ils connaissent leur cap et sont menés par des officiers qui savent naviguer.

Julien Désiré Schmaltz n'a jamais aimé ni attendre, ni regarder en arrière. De Lorient où il est né, à l'île Maurice où, après la mort de son père, sa mère l'a élevé avec ses frères, le diplômé de l'Ecole militaire royale est toujours allé vite et de l'avant. Batavia et le Bengale, Surabaya et la captivité en Angleterre, puis la France et bientôt, le Sénégal... Fi des péripéties, cap sur Saint-Louis !

Pour Schmaltz il en va des escales et des tranches de vie comme des vagues qui déferlent, la suivante fait oublier la précédente.

Le radeau abandonné s'inscrit dans ce mouvement, on ne le voit plus, donc il n'existe plus. Pas plus que les cent cinquante hommes de chair et de sang qui étaient à son bord. Avant même que la mer ne l'ait effacé de son champ de vision, le radeau était devenu pour le pragmatique Schmaltz, en toute bonne conscience, une entité désincarnée dont l'abandon, fût-il cruel, était une nécessité.

Schmaltz a beau se sentir sûr de son bon droit, il n'aime pas que le radeau lui revienne à l'esprit. Il chasse cette évocation parasite en croquant la demi-poire cartonneuse et trop sucrée que vient de lui tendre le marin qui fait office de cambusier. Il faut se sustenter car le temps devient orageux, le canot commence à bouger. Reine Schmaltz qui n'a plus rien à vomir est secouée d'un haut-le-cœur stérile et douloureux.

*

Loin derrière, sur son canot, Chaumareys lui aussi mange une demi-poire tapée. C'est le nom que l'on donne à ces fruits cuits, aplatis dans des caissettes de bois pour être conservés. « Vieille poire tapée », l'appellation pourrait assez bien lui aller au teint, quoi qu'il ait plutôt celui d'une cerise confite dans l'eau-de-vie. Mais, à ce propos, ce n'est pas Byzance. Les bouteilles de vin de Ténériffe ont été réquisitionnées par Rang des Adrets, l'officier responsable du canot qui distribue avec parcimonie. La même ration pour tout le monde, le commandant y compris. Chaumareys est marri de cet égalitarisme mais ne se sent pas en situation de faire valoir ses privilèges. Il n'en troquerait pas moins volontiers son biscuit et sa poire contre un coup à boire, histoire de balayer les doutes qui l'assaillent. Les doutes, pas les remords. Car le vieux vicomte a eu tôt fait de répartir la charge des responsabilités de l'abandon des cent cinquante hommes du radeau, entre les épaules du gouverneur et le dos de la fatalité.

Il voudrait toutefois être certain que ses pairs, et surtout le ministre et le roi qui lui ont confié sa mission, partageront la même indulgente conviction. En attendant, il aimerait penser à autre chose. Las, un fond de verre d'eau tiédasse teintée d'une gorgée de son vin favori est d'un faible secours pour la soif comme pour l'oubli.

*

Un nouveau coup du sort nous a cueillis net au moment où nous relevions un peu la tête. La boussole du charpentier Laressingle, notre précieux, notre unique instrument de navigation a glissé entre les doigts gourds de Museux qui cherchait à la mettre à l'abri. Nous n'avons rien pu faire. Après avoir rebondi une fois sur le flanc du tonneau, elle a disparu entre les interstices du radeau. Coulée net, la boussole, et avec elle tout l'espoir que nous venions de retrouver. Le gros caporal est mutique et prostré. Corréard, Dupont et moi, nous savons avec lui qu'il a laissé échapper notre meilleure chance de survie. Mais nous n'en disons mot. Je ne parviens même pas à lui en vouloir. D'ailleurs, à quoi bon ? Quand bien même nous connaîtrions le point cardinal de notre position, les flots l'ont déjà modifié. J'ai dans la bouche le goût de l'amertume qui se mêle à celui du biscuit rassis. Si je croyais en Dieu, je cesserais d'y croire à cet instant précis. Mais faute de Tout-Puissant à maudire, je reste coi. Quand le malheur ne cesse de succéder au malheur, l'accumulation des calamités provoque une forme de sérénité désabusée. Toujours s'attendre au pire, et dès qu'il advient, considérer qu'il est encore à venir. Savoir qu'à la tempête peut succéder l'ouragan. C'est d'ailleurs une tourmente de cet ordre qui n'en finit pas de se préparer. Un mauvais vent annonciateur d'avanie ne cesse de creuser une mer que la nuit qui s'installe noircit.

« Deux hommes à la mer ! » Le cri fuse d'une voix cassée qui porte en elle notre impuissance à faire quoi que ce soit pour les deux malheureux qui viennent d'être entraînés à l'eau par l'arrière du radeau. Deux têtes dérisoires dans une mer furieuse et noire. En trois vagues à peine, les deux soldats sont absorbés sans même laisser une trace dans l'écume. Ceux qui les ont vus se signent. « Disparus en mer », c'est la formule officielle et consacrée, l'épitaphe lapidaire qui nous attend tous... Dans un fracas retentissant, un énorme paquet de mer m'explose au visage et me laisse aveuglé et suffoquant... Cramponné à notre mât de fortune, je crache en toussant l'eau salée qui m'emplit la trachée. J'ai les tempes qui cognent, la vision brouillée, la respiration coupée. Ma gorge me fait mal, je ne sens plus mes doigts. J'ignore s'il s'agit de la fameuse énergie du désespoir, mais il faudrait me trancher les poignets à la hache pour me faire lâcher le mât.

Deux autres paires de mains s'agrippent près des miennes : les phalanges blanchies par l'effort, Corréard et Dupont sont aussi trempés et crachotants que moi. La mer est dans tous ses états. Impossible de trouver une quelconque régularité à l'assaut qu'elle nous inflige. Un coup, nous sommes plaqués contre les madriers du radeau qui se dresse à la verticale vers le ciel zébré, dont les éclairs nous donnent des faciès d'apocalypse. L'instant d'après, notre tas de planches plonge dans un dévers vertigineux, ou est attaqué par une trombe haute comme un beffroi qui vient se fracasser sur nous. Je ne dois la vie qu'aux bouts de cordage reliés au mât que je serre à ne plus sentir mes doigts. Je suis la moitié du temps en apnée, redoutant à chaque paquet de mer que notre embarcation se soit retournée. Trois fois au moins, j'ai failli être piétiné par la masse de mes compagnons qui tentent, dès qu'une grosse lame s'annonce, de gagner l'avant afin d'échapper à l'infernal déferlement. Ce mouvement irrépressible n'a d'autre effet que de faire plonger un peu plus le radeau en le déséquilibrant, et de précipiter dans les flots les malheureux du premier rang. Dans le bref répit entre deux lames, l'un d'eux, un soldat avec un bandage sur le crâne, a eu le temps de pousser un long cri glaçant. Je l'ai vu couler d'un seul coup, la bouche ouverte et le regard fou.

CHAPITRE XVII

Ciel blanc, soleil torve. La mer en ce 8 juillet a la couleur des yeux d'un poisson mort. Le grand canot du gouverneur vire de bord et sa voile brune faseye un instant avant de reprendre le vent. L'allure est bonne : 4 nœuds, parfois 5. Schmaltz peste à l'avant contre le temps perdu à marchander de l'eau avec des hommes du canot du commandant. Deux heures de palabres bord à bord avant de tomber d'accord. Schmaltz, lui, n'a pas soif. Il n'a pas subi de privations et a d'autres préoccupations. Saint-Louis devrait bientôt être en vue. L'idée de quitter cette inconfortable embarcation devrait réjouir le gouverneur, pourtant l'imminence de l'arrivée l'inquiète. Il la redoute. Au lieu de l'entrée solennelle et fière sur *La Méduse* pavoisée suivie des autres vaisseaux de l'expédition, c'est un homme en bien piètre équipage qui s'apprête à venir reprendre le Sénégal aux Anglais. Deux barcasses qui font eau, un capitaine décati, des passagers mal en point et une épouse qui geint et vomit... Sacrée armada pour représenter la grandeur de la France et le pouvoir de son roi !

Bien sûr, les autres bateaux arriveront sans doute à bon port en meilleur état. Mais Schmaltz, qui s'en veut de n'avoir point embarqué avec sa famille à bord de l'un d'eux, est sans nouvelles de *L'Echo*, de *L'Argus* et de *La Loire*. Et le gouverneur imagine déjà la condescendance des Anglais :

« *Oh mister governor, a so long route in a so tiny jolly boat!* » ou une autre de leurs formules à la guimauve trempée dans le vinaigre. Il les a assez pratiqués les « *sweet and sour* » d'outre-Manche. Il les connaît, ces faux culs melliflus qui, sous couvert de s'inquiéter avec commisération et courtoisie, se gausseront de sa tête et de son pays. Il les entend d'ici.

*

Chaumareys, pour sa part, n'a que faire des sujets de la Couronne d'Angleterre. Il n'ignore rien non plus de leurs travers, mais il a fini par s'endormir, abruti et bercé par le grincement des avirons après avoir, sur les conseils de Rang des Adrets, sucé une balle de plomb. Il paraît que c'est bon pour moins sentir la soif. « C'est surtout excellent pour se casser une dent ! » Telle a été, en recrachant l'objet, la dernière pensée du capitaine avant de piquer du nez sur le banc de nage pour y sombrer, en dépit de son inconfort, dans un sommeil sonore mais peu agité.

*

Les fesses blanches saillent hors de l'eau, la tête y est plongée et n'en sort pas. Le corps du noyé ballotté par les lames est pâle, comme exsangue, la mer l'a dénudé. Dans sa danse macabre et dérisoire, il n'est pas seul. Je compte sept cadavres autour du radeau alors que la nuit nous tombe dessus comme une calamité de plus. Trois des morts flottent le ventre en l'air, le plus près de moi a le visage gonflé et un seul œil ouvert. Depuis ce matin, nous sommes vingt de moins. La nuit dernière a été meurtrière et nous craignons tous, même si la mer est moins en furie, que celle qui vient ne le soit aussi. Impossible de ne pas y penser parmi tous ces corps sans vie. Ceux qui n'ont pas été précipités hors du radeau ont eu les jambes fracassées entre les pièces de bois mal arrimées qui forment le plancher du radeau. Nous sommes en train de dégager la dernière dépouille, celle d'un Martiniquais resté coincé, les jambes brisées à angle droit à hauteur des tibias. Il a basculé sur le côté en une posture désarticulée qui fait saillir son ventre gonflé. L'une de ses jambes est presque arrachée. L'os d'un blanc bleuté sort d'une plaie très déchiquetée que la mer recouvre à chaque vague. On a masqué son visage tuméfié d'un morceau de toile de voile. Un rapide signe de croix en guise d'oraison et nous laissons le mort glisser à l'eau par l'arrière du radeau. Il coule à pic alors que les derniers rayons du couchant entre deux nuages déjà noirs éclairent encore l'horizon d'une infime lueur.

Je suis frappé du peu de temps qu'il faut pour s'acclimater au malheur. Du détachement que tous désormais nous affichons face à la mort alors qu'il y a trois jours à peine, nous étions emplis de l'espoir d'arriver promptement à la côte. La chirurgie m'a certes familiarisé à la vue et à la manipulation de cadavres, mais je mesure en observant les hommes que j'ai aidés à dégager les corps, à quel point l'être humain s'habitue vite à l'atrocité. Je viens de balancer un cadavre à la mer et je me prends à penser qu'avec vingt passagers en moins le radeau surchargé va s'alléger et notre provision d'eau et de biscuits durer une nuit de plus.

*

« Naviiiiiiiiiire... » Le petit marin roux a gueulé comme un écorché et Schmaltz, après avoir sursauté, le fait taire d'un geste agacé. Il s'empare de la lunette dans laquelle il ne distingue rien sinon la nuit qui tombe. « A bâbord je l'ai vu, Monsieur, j'en suis sûr... On aperçoit les lanternes », insiste le rouquin. Schmaltz se tourne vers la gauche et devine effectivement un bateau droit devant, peut-être un trois-mâts. « *L'Argus* ou *La Loire*, très certainement », songe le gouverneur, partagé entre le soulagement d'arriver et l'agacement de le faire en si piètre équipage. Il jette un rapide regard vers son épouse qui s'est assoupie, les lèvres pincées en un rictus peu affable. Il n'est pas loin de 10 heures à sa montre-gousset dont le verre est perlé de gouttes. Le canot du commandant est à nouveau visible loin derrière, mais Schmaltz préfère regarder vers l'avant, ne point penser à cette baderne gorgée d'orgueil et de vinasse qu'il tient pour premier responsable de leur avanie. « Qu'on donne l'ordre aux hommes de ramer plus fort ! » demande le gouverneur à l'officier de son embarcation. « C'est déjà fait, Monsieur, et nous allons hisser le taillevent pour accentuer notre allure ! »

*

François Marie Cornette de Vénoncourt pisse dans la mer. Par le hublot arrière, tourné vers l'horizon, le capitaine apprécie en soulageant sa vessie le léger souffle d'air qui à cette heure donne une infime mais agréable impression de fraîcheur. Voilà déjà deux jours que *L'Echo*, la corvette qu'il commande est devant Saint-Louis. Et toujours pas la moindre nouvelle des autres bateaux. *La Méduse* avait une sérieuse avance de marche sur *L'Echo* et aurait donc dû arriver la première à bon port, mais personne ne l'a vue. Vénoncourt s'en inquiète en urinant. La rade est assez houleuse et il aimerait sans trop tarder pouvoir quitter cet ancrage provisoire, franchir la barre et remonter la rivière jusqu'à l'île Saint-Louis. Mais ces fouines d'Anglais font comme s'ils étaient encore chez eux. Vénoncourt a eu beau envoyer un canot et deux hommes porter un pli au *governor* l'informant que *L'Echo* et son commandant faisaient partie de l'expédition de Sa Majesté le roi de France venue récupérer le Sénégal et l'île de Gorée, le gouverneur anglais, le lieutenant-colonel Brereton lui a renvoyé ses matelots avec un formulaire en anglais lui demandant son « *loaded draught* », autrement dit, son tirant d'eau en charge et diverses informations sur la durée de son escale et la nature de sa cargaison. Vénoncourt lui aurait bien envoyé sa botte au fondement en même temps qu'il lui retournait le formulaire. Mais, d'une part, ce cauteleux était hors d'atteinte, et d'autre part, le commandant de *L'Echo* n'allait pas à lui tout seul déclencher une guerre. En compensation, il pisse donc dans la rade de Saint-Louis et au cul de l'Angleterre. Les plaisirs sont rares sur un bateau, et soulager du même coup sa vessie et sa colère est plaisant. Vénoncourt est tiré de ce trivial constat par deux lumières qu'il distingue au loin sur la mer. Seraient-ce celles de *La Méduse*, enfin ? Le commandant n'est pas le seul à se poser la question. Sur le pont on fait brûler des amorces qui dans une forte odeur de poudre éclairent la corvette d'une lueur irréelle et bleutée.

*

Schmaltz est debout à l'avant du canot, il ne quitte plus la longue-vue, dans la lueur des feux, il croit avoir reconnu *L'Echo*. Il en est même certain. Deux nouvelles amorces viennent d'éclairer le bateau sur toute sa longueur. Les matelots ne s'y sont pas trompés non plus, ils crient et se congratulent en lâchant leurs avirons, ce qui a pour effet de ralentir la marche du canot. Schmaltz n'en a cure. *L'Echo* n'est plus qu'à quelques encablures. « Vive le roi ! » hurle un sous-officier. Mais ce n'est pas au roi que pense Schmaltz, c'est à lui.

*

L'homme n'est pas bien grand, c'est un marin ivre et dépenaillé. La lune éclaire en glauque son visage suant et rougeaud qui ne me dit rien. Il est armé d'une hache et surexcité. Le regard injecté, les commissures baveuses, il vocifère dans la nuit devant la barrique défoncée qui pue la vinasse et la marée. Cet abruti prétend envoyer le radeau par le fond et nous avec : « Crever pour crever, autant y aller tout de suite et on va tous y aller, la piétaille comme le galonné, y aura pas d'jaloux, ça va être vite mené… » Et le voilà qui commence à cogner comme un sourd. Devant lui, sa hache fend l'eau avant d'attaquer les cordages et le bois de notre embarcation qui est aussi la sienne. Ils sont une vingtaine de soldats, de marins, aussi saouls que lui, qui s'échauffent et l'encouragent en hurlant : « Vas-y, coule-la, c'te saloperie et toutes ces crevures avec ! » Plusieurs ont des couteaux dont ils nous menacent. Dupont est au premier rang de ceux qui leur font face. La mer est presque calme, c'est le fond de l'air qui est sous tension. Nous n'avons rien pu faire pour empêcher la troupe de se saouler à mort. Mort, c'est le mot et c'est leur argument : Tout boire et périr : « En finir en beauté. »

Pour abréger leurs souffrances, dont ils nous rendent responsables, et se venger du même coup, ces déments partisans d'un suicide aviné, collectif et forcé ont entrepris de détruire le radeau. Dupont, des sous-officiers, d'autres soldats, des marins, Corréard et moi-même tentons de dissuader ces crétins d'accomplir leur délirant dessein. L'homme à la hache est arc-bouté sur son arme, mais soudain on dirait qu'il n'a plus la force de la relever. En voyant sa chemise se teinter de rouge et son regard plein d'effroi, je saisis vite pourquoi. La lame du sabre d'un sous-officier l'a cueilli sur le côté du cou. Le sang jaillit par saccades d'une entaille profonde. Le marin lâche la hache, porte ses deux mains à la plaie, son sang continue de sourdre à travers ses doigts. Ses genoux fléchissent, il bascule dans l'eau. L'un des soudards à qui la scène n'a pas échappé s'élance, poignard pointé sur le militaire qui esquive et le frappe au visage avec la garde de son sabre. L'autre recule en chancelant, une boule se forme sur sa pommette. Aussitôt, le reste des excités se jette dans le combat. Sabres contre couteaux, coups de crosse et de poing, coups de dents... Haine et hargne. Chacun tape au plus près avec ce qui lui tombe sous la main. La mer n'est pas très agitée mais le radeau déséquilibré par la rixe tangue dangereusement. Des hommes agrippés au corps à corps glissent à l'eau et disparaissent dans le noir, d'autres y sont précipités. Certains, tombés par l'arrière, parviennent à remonter par l'avant et sont à nouveau rejetés hors du radeau. J'évite de justesse la baïonnette d'un soldat fou qu'un autre assomme par-derrière d'un coup de gourdin. Je manque être écrasé par Dupont qui recule sous la poussée des assaillants que rien ne semble pouvoir ramener à la raison. Bataille sauvage et désespérée d'hommes qui veulent tuer avant de mourir. Je n'ai pour ma part nulle envie de l'un ni de l'autre, mais je n'en viens pas moins d'assener de toutes mes forces un coup de poing sur la tempe d'un soldat. J'ai frappé sans réfléchir ni viser. J'ai vu son regard rouge sur moi, sa fureur baveuse, sa grosse pogne qui cherchait à sortir son couteau, alors j'ai cogné. Il a eu l'air étonné, je l'étais bien davantage quand il s'est affaissé. Mes phalanges sont écorchées. Mon expérience dans l'art de la bagarre est des plus rudimentaires, elle remonte au collège. Mon adversaire tente de se relever, mais un de ses congénères trébuche sur son corps et est, à son tour, piétiné par d'autres soldats qui reculent et s'affalent sur mon adversaire. Bien campé sur mes jambes, les pieds dans l'eau, je me sens ragaillardi et prêt à frapper de nouveau... Et c'est l'explosion sur l'arrière de ma tête. Une de ces douleurs qui dans l'instant vous transforment en tueur. Je cogne dans un nuage, mes jambes se dérobent, ma vue se brouille, j'ai dans la bouche le goût de l'eau de mer et celui de mon sang. Je sombre.

CHAPITRE XVIII

Le rescapé Chaumareys s'attaque à la carcasse avec la voracité d'un chien errant qui viendrait de voler un chapelet de saucisses. Il a délaissé fourchette et couteau, pour se servir de ses doigts. La faim brutale ne tolère pas d'accessoires. Il dépiaute, extirpe, brise les petits os. Il nettoie avidement ce poulet froid auquel il vient de faire un sort, ne s'interrompant que pour boire ce vin de bourgogne que Vénoncourt a fait servir aux naufragés dans la salle à manger de *L'Echo*. Les bruits de succion et de mastication couvrent les rares paroles échangées, qui sont elles-mêmes d'ordre alimentaire. On se passe le sel, le pain ou la carafe. On profère des soupirs de contentement. Reine Schmaltz, la lèvre supérieure maculée de graisse et d'un morceau de peau grillée, est aux prises avec une aile de volaille qu'elle tient à la main. Son époux, quant à lui, mord à même une cuisse. On se repaît, on se requinque, on revit : l'heure est au repas, elle n'est pas au récit.

Vénoncourt l'a vite compris. Quand, voilà moins de deux heures, les canots de *La Méduse* ont abordé *L'Echo* et qu'un officier, après les avoir informés de l'échouage, leur a dit à quel point chacun était assoiffé et affamé, il ne les a pas assaillis de questions. Sur les conseils du médecin du bord, il leur a d'abord fait servir de l'eau sucrée, et ensuite un brouet. Mais ils ont vite réclamé un vrai repas. Et pendant qu'en toute hâte on dressait la table, Chaumareys, arguant d'un grand épuisement, laissait à Schmaltz le soin d'un résumé de leur mésaventure aussi bref qu'expurgé. « Un échouement accidentel et une évacuation sauvant du péril hommes et cargaison... » Pas un mot sur le radeau.

Vénoncourt les regarde se rassasier en ne les accompagnant, pour sa part, que d'un verre de fino. Mais il ne s'en demande pas moins comment *La Méduse*, en plein jour et par beau temps, a bien pu s'échouer sur le banc d'Arguin dont les périls sont bien connus de tous les marins.

*

Le gouverneur du Sénégal est nu devant le miroir de la cabine que lui a attribuée le commandant de *L'Echo*. Sans perruque, ses cheveux rares et gris sont dressés sur sa tête. Son visage contrarié et ses bras qui ont trop pris le soleil sur le canot ont la couleur de la brique. Le reste du corps est blanc et peu velu. Le ventre est proéminent et la queue rabougrie. Schmaltz a mal dormi. Vénoncourt lui a pourtant attribué une confortable cabine à l'arrière de la corvette, mais même dans un palais de marbre et sous un édredon de plumes, il n'aurait pas trouvé le sommeil. Il n'a cessé de ressasser les questions que les officiers du bord n'ont pu s'empêcher de lui poser sur le naufrage et les difficultés que font les Anglais pour rendre les clés de la colonie. Les deux sujets l'agacent. Il a fini par décider d'éluder l'un en se servant de l'autre. D'échapper aux interrogations sur *La Méduse* en insistant sur la priorité à régler les affaires avec les Anglais. Ce « *faggot* » de *governor*, le lieutenant-colonel Brereton qui est encore maître à Saint-Louis, joue à la fois le formaliste et celui qui n'est pas au courant. Ce faux cul a fait dire qu'il devait aviser ses supérieurs de la requête française. Or il faut pour cela envoyer un émissaire à Freetown, en Sierra Leone. Et pourquoi pas à Londres tant qu'il y est, ce « mange-merde » ? Quand il est de méchante humeur, Schmaltz a le quolibet primaire. Surtout à l'encontre des représentants de la Couronne d'Angleterre.

*

« Holà ! t'es t'y mort, chirurgien ? » La grosse voix me ramène à la vie. J'ai mal à la tête et je grince des dents. Deux bras noueux me ceinturent et me relèvent. A l'accent qui roule rauque et agraire, je reconnais Museux. Je ne sais combien de temps je suis resté dans les limbes, mais le jour a surgi, la mer a forci et la bagarre est terminée. Mal apparemment pour le matelot mort qui gît à hauteur de mes genoux. De son crâne fracassé s'échappe un morceau de cervelle d'un gris violacé qui se délite dans le ressac ensanglanté. Là où près de cent cinquante hommes étaient debout au coude à coude, des corps gisent en tas. Gueules tordues, chairs meurtries, tuméfiées, éclatées, panses éviscérées, membres brisés, fractures ouvertes... les blessures témoignent de la terrible sauvagerie des combats. Désolation ordinaire d'un champ de bataille au petit matin. Sauf que nous sommes en pleine mer et que l'on n'a jamais vu tant de morts sur si peu de surface.

Sous le ciel blanc et bas, les cris du combat ont laissé place à un silence funèbre que seuls rompent les râles des agonisants et le bruit lancinant de l'eau quand elle les recouvre. En palpant l'hématome que j'ai sur l'occiput, je prends conscience qu'il s'en est fallu de très peu que je ne sois à la place de l'un de ces malheureux. Ce que me confirme Corréard. La face marquée d'écorchures et de boursouflures et le bras rayé d'une longue estafilade de sabre, il m'apprend que la rixe s'est déroulée en deux temps avec une incroyable fureur : « Alors que nous pensions que les séditieux étaient revenus à la raison, ils sont repartis à l'attaque comme des forcenés sanguinaires... Nous avons dû riposter sans merci et tu ne serais plus des nôtres si Museux, d'un coup de rame bien appliqué, n'avait... calmé ton assaillant ! » Mon sauveur s'esclaffe bruyamment : « L'est même calmé pour l'éternité, vu qu'eul' malade il a pas supporté l' traitement, paix à son âme ! »

Museux me montre son arme, un aviron brisé qui constitue un solide gourdin dont le bois est encore souillé d'un caillot de sang mêlé de cheveux. D'un revers de son énorme pogne, le gros caporal coupe court à mes remerciements : « Y a d'l'ouvrage, va falloir qu'on nettoye eul' radeau de toute c'te charogne ! » Pas du genre à épiloguer, Museux a l'oraison expéditive pour les soldats qui voulaient nous tuer et qui gisent maintenant à nos pieds. Inutile de dénombrer les morts et les disparus, d'établir le sinistre décompte de ceux que la bagarre a laissés dans l'eau, des malchanceux que les vagues ont emportés la veille et des malheureux qui par désespoir ont fait le choix de s'y jeter eux-mêmes... Pour mesurer à quel point la population du radeau s'est réduite, il est plus simple de compter ceux qui sont encore en vie. Et c'est aussi vite fait que dit : à l'issue de cette nuit de folie meurtrière, nous ne sommes plus que soixante-sept survivants dont douze sont déjà aux abords du trépas.

Gravement blessés dans les rixes, ces derniers sont hagards et exténués. Fractures ouvertes, larges et profondes plaies que nous ne pouvons soulager, l'un d'eux a même le côté du crâne défoncé. Ils n'ont conscience que de leur souffrance, les moins meurtris n'ont d'autre espoir que celui de voir arriver la mort pour les délivrer.

CHAPITRE XIX

J'observe mes compagnons comme un miroir qui me renvoie mon déplorable reflet. Huit morts de plus ! A l'image des cinquante-cinq survivants dont je viens de faire le décompte, j'ai les joues mangées d'une barbe que le sel pétrifie, les cheveux comme enduits de poix, le regard exorbité, la peau brûlée et les chevilles déformées par l'inaction et par l'humidité. Sous un ciel atone, le cagnard cogne et pourtant j'ai froid. Mon dos est glacé et mes jambes fléchissent, la paupière de mon œil droit s'abaisse sans que je puisse la contrôler. Je dois m'appuyer sur les débris de la dernière barrique de vin pour tenir debout. J'ai du mal à articuler, parler est devenu un effort, toutes mes facultés sont ralenties. Il me faut ainsi plusieurs heures pour me rendre compte que tous les symptômes que je ressens sont, au-delà de la forme de folie qui nous frappe, ceux de la malnutrition. J'ai faim !

Pas une de ces faims d'ogre où l'on se sent capable de bouffer un bœuf entier, ni de celles, sensuelles, où l'on salive en rêvant d'un perdreau rôti, doré. Non, une sale fringale, physiologique et brutale. La nécessité impérieuse et douloureuse de se remplir l'estomac. Une envie lancinante qui vous vide le crâne, vous plombe les entrailles et vous donne une haleine de putois. Je ne suis pas le seul dans ce cas. Les effets de la sous-alimentation conjugués à ceux de la chaleur, accablante pour nos corps et nos esprits, se font ressentir de la même façon chez mes compagnons. Y compris les grands blessés. A l'exaltation et à la démence de la nuit succède un abattement mutique. Aucun d'entre nous ne dit mot, tous les occupants du radeau, même les plus vaillants, ont ce regard fixe et vide de ceux qui ont vu la mort des autres de près et savent, au milieu de cette mer qui n'est que malheur et hostilité, qu'ils seront les suivants

Plus le moindre bout de biscuit, les gourdes d'eau sont à sec. Quant à notre ultime barrique de vin de Ténériffe, les rations sont de plus en plus restreintes. Les mal en point boivent autant que les bien portants. Cette égalité de traitement nous apparaît désormais comme une aberration. Pourquoi donner de ce vin devenu rare à des mourants alors que ces rations permettraient aux plus vaillants de survivre ? D'autant que cette unique barrique de vin est aux trois quarts vide. Les deux soldats chargés de sa garde en ont, à notre insu, sifflé une bonne partie. Retrouvés ivres morts, ils ont été balancés à l'eau sans autre forme de procès.

Il avait été décidé que quiconque tenterait de s'emparer de nos provisions serait puni du châtiment suprême. L'affaire n'a pas traîné. A la pointe de leurs propres baïonnettes, les deux buveurs brutalement dégrisés par la peur ont été poussés à la mer. L'un d'entre eux a mis un temps fou à couler. Je ne mesure plus combien nous nous sommes endurci le cœur autant que l'esprit. A quel point, pour nous, la mort est désormais anodine. Seule nous préoccupe encore la probabilité de notre propre trépas, et nous sommes prêts à tuer le premier qui attente à notre instinct de conservation. A occire notre prochain pour un fond de quart de mauvais vin.

Une nouvelle distribution de ce breuvage qui constitue maintenant la base de notre alimentation, nous requinquerait sans doute, mais je crains les effets de l'alcool sur nos esprits cabossés. Et nous devons nous rationner pour tenir le plus longtemps possible. Le simple fait d'y penser redouble ma rage d'avaler n'importe quoi. Je gratte une fois de plus le fond de mes poches. Las, l'étoffe humide et épaissie par le sel ne recèle pas la moindre miette. Mon dernier repas est le quart d'un petit poisson coincé entre deux pièces du radeau. Où sont-ils, les fameux poissons volants que, dans les romans d'aventures, les naufragés retrouvent immanquablement échoués par centaines au petit matin sur le pont de leur embarcation ?

Ici, les sardines ne volent pas et les poissons ne sont pas du genre à se laisser prendre par des pêcheurs de notre acabit. Les seuls que nous ayons pu attraper et manger étaient petits et peu charnus. Coincés par accident entre les pièces du radeau. Leur chair, même pleine d'arêtes, n'en était pas moins délicieuse. Mais l'occasion ne s'est pas reproduite. Quant à nos tentatives de vraie pêche, elles furent lamentables. Un soldat avait d'abord entrepris de faire un hameçon en dépiautant ses épaulettes, mais le métal était bien trop souple et le fil, un morceau de drisse effiloché, bien trop gros, s'est coincé sous le radeau. Un autre a eu l'idée de tordre une baïonnette pour tenter d'accrocher un squale de belle taille qui tournait autour de notre esquif. L'affaire s'est soldée par la chute d'un homme à la mer. Le requin a gobé la lame comme une carpe l'aurait fait d'un bout de pain, puis il a foncé droit sur nous. En se débattant furieusement et avec une force incroyable, il a entraîné à l'eau le soldat qui tenait le filin. Vu notre état de faiblesse, nous avons peiné à le hisser à nouveau sur le radeau.

Depuis, ce qui reste de nos lignes traîne emmêlé dans l'eau. Et il faudrait vraiment qu'un poisson ait envie de se suicider pour mordre à un bout de cordage sans appât et surtout sans hameçon.

J'ai la gorge aussi sèche que les côtes du Sahara que nous ne voyons plus et ma soif n'a pas même la vertu de me faire oublier la faim. Mes pensées sont terre à terre, mais la terre n'est nulle part. Pas la moindre côte en vue. De nuit comme de jour, encore et toujours le vide de l'horizon qui me renvoie à celui de mon estomac. Trouver à boire et à manger occupe toute l'activité de mon cerveau. Impossible de me départir de cette obsédante inanition. Ce n'est pas la première fois que j'endure ce trouble lancinant, cette forme d'ivresse en creux qui vous écorche la raison et contre laquelle la logique n'est d'aucun secours. Cela monte comme une panique que rien ne peut raisonner. Je croyais que mon organisme finirait par s'habituer, or je constate que chaque accès est plus violent que le précédent et je repense à la réflexion d'un soldat quand nous balancions à l'eau les corps des victimes de la rixe : « Il est gras comme un verrat. Dommage de le balancer à la baille... un bestiau de ce poids, ça te nourrit tout le radeau pour des mois. » Ce n'était qu'une plaisanterie macabre alors que nous soulevions avec difficulté le pondéreux cadavre d'un artilleur ventru, saigné par je ne sais qui d'un coup de baïonnette dans l'artère fémorale. Elle n'a pas fait rire, elle a lancé une discussion animée. « Paraîtrait que c'est fade comme du poulet », a surenchéri un marin. « C'est ce qu'on dit », a confirmé un lieutenant. Il l'avait lu dans un vieux roman populaire anglais du siècle dernier, inspiré d'une histoire vraie de naufragés sur une île déserte. D'anecdotes en racontars, notre conversation a dérivé sur le mode sérieux. Elle s'est poursuivie bien après que nous avons achevé notre sinistre besogne. En tant que chirurgien, j'ai dû expliquer la nuance entre anthropophages et cannibales. Pris d'une inhabituelle prolixité, je me suis lancé dans une digression didactique et très écoutée sur la différence morale entre l'absolue nécessité qui peut pousser à l'anthropophagie et la férocité du cannibalisme chez les tribus de sauvages. « Endocannibalisme si ces tribus mangent leurs morts, exocannibalisme si elles mangent les corps de leurs ennemis... soit pour acquérir leur force, leur âme ou leur esprit, soit pour en exorciser les maléfices... » Bref j'ai fait à bon compte le savant face à un auditoire complaisant, parlant avec un total détachement de pratiques qui auraient dû nous emplir d'effroi. Corréard, Dupont, plusieurs officiers, des marins et moi le premier, je dois l'avouer, nous en sommes venus à nous poser la question avant les plus frustes de nos compagnons : pourquoi ne pas prélever sur les corps des morts les protéines qui nous éviteraient de finir comme eux ?

En y songeant à nouveau, je me sens toujours dans cette espèce de pragmatisme, rationnel et glacé, où l'affect n'a plus guère de place. Cette faim brutale et dévorante qui nous étreint, cette vacuité sans fond que nous éprouvons tous et qui nous mine et nous anime à la fois, est-elle en train de nous faire considérer l'atroce comme la panacée ? Sommes-nous prêts, pour ne pas mourir, à bouffer du soldat faisandé ? Je m'efforce à la répulsion en espérant, sans y croire, un sursaut de dégoût salvateur. Mais l'angoisse de crever de faim est la plus forte. C'est elle qui nous insuffle notre volonté de survivre et je crois que, plus cette crainte grandit, plus notre détermination est implacable et fait voler nos barrières en éclats. En être encore parfois conscient, comme c'est le cas en ce moment, ne change rien. Plus j'y réfléchis, plus je suis convaincu que la loi morale est un luxe de repus.

CHAPITRE XX

Le jour s'installe, un soleil orange s'annonce au loin tandis que la mer verdâtre déroule sans fin de petites vagues à l'écume incertaine sur lesquelles notre dérive peine à marquer un quelconque sillage. Mes compagnons, les uns après les autres, sortent lourdement de leur torpeur. Hébétés, ils restent sur les promontoires de fortune auxquels ils se sont accrochés pour ne pas sombrer au premier sommeil dans l'eau qui submerge toujours le radeau. Je suis moi-même encore assommé, quand j'aperçois le caporal Museux en train de manger... Oui, de manger ! J'ai beau me frotter les yeux, il ne s'agit ni d'un rêve éveillé ni d'un délire engendré par la diète forcée. Le gros caporal mastique bel et bien je ne sais quoi, comme un bovin le ferait d'une fourchée de foin.

Il prend conscience de mon regard et, à mon air mauvais, saisit vite mon envie : « T'as faim, chirurgien ? Tu veux goûter ma galetouse ? Vas-y, mon gars, c'est de la vachette extra, du premier choix, t'as qu'à d'mander, j't'en taille une tranche... » Il sort un couteau pliant de sa poche et me tranche un morceau de son gros ceinturon : « Vas-y, mâchouille, c'est du cuir gras ! c't'un peu dur au début, mais c'te carne occupe les dents et si ça remplit pas l'estomac, moi ça me calme... » Je porte à ma bouche le bout de ceinture. J'ai l'impression que je n'en viendrai jamais à bout. Mais peu à peu, imprégné de salive, le cuir épais s'amollit au point de se laisser mâcher. Il en sourd un jus marronnasse que je recrache, puis à la longue, que je finis par avaler. Goût amer de suint et de crasse. La mastication vaut mieux que l'inanition, mais ce n'est pas un peu de salive sur une pièce de vieux cuir qui va me nourrir, calmer cette faim qui me torture, m'oppresse et m'affaiblit d'heure en heure. A ma gauche... Je ne peux parler de bâbord ou de tribord, de poupe ou de proue tant notre dérive est lente et nous donne l'impression de tourner en rond sur un océan dont je crains que nous ne revoyions jamais les confins... A ma gauche donc, retentit un long cri : celui d'un homme qui hurle à la mort.

Je le vois, il est assis sur une caisse, un corps indéterminé repose entre ses genoux. Le hurleur est hirsute et a, comme chacun d'entre nous, le visage dévoré de barbe et de sel... « N'approchez pas, charognards ! Vous ne l'aurez jamais ! » Je ne suis plus seul à regarder dans sa direction, mais personne ne se décide à bouger car le malheureux qui nous invective tient à la main une sorte d'épée dont la lame, bien qu'elle semble brisée, incite à la prudence. « On dirait le gars Sauzet, je crois bien... » C'est le massif caporal Museux qui vient de parler et qui poursuit : « Oui, pour sûr je l'reconnais c't' un pays, un domestique à m'sieur Schmaltz le gouverneur, l'a pas pris la chaloupe avec son maître, rapport à son gamin qu'avait les fièvres... » Et Museux d'expliquer que, lors de notre évacuation de *La Méduse*, ce Sauzet avait refusé de prendre place sans son fils dans le grand canot pour cinquante hommes réservé à Schmaltz, à sa famille, à ses bagages et à ses gens. Il avait donc rejoint son rejeton sur le radeau. L'homme s'est levé sans cesser ses invectives. Alternant menaces et lamentations, injures et désespoir, il fait de temps à autre tournoyer son arme au-dessus de sa tête et poursuit sa diatribe avec de plus en plus de violence. Tous les regards sont désormais tournés vers lui. « Je vais y causer ! » dit Museux qui s'avance. Je le suis. Nous sommes maintenant tout près du désespéré. Ses yeux nous fixent hagards, injectés de haine animale et d'infinie détresse, de violence primaire et d'un total désarroi. Il écume de rage et pleure à la fois, en faisant tournoyer son arme ébréchée qui siffle dans l'air : « Pas un pas de plus, les bouffeurs de cadavres ou j'en étripe un, vous n'aurez pas mon fils, jamais ! » Sauzet en hurlant continue ses grands moulinets avec son bout d'épée. Le corps qui repose à ses pieds est livide, et déjà rigide...

« Holà, mon pays ! Tu m' reconnais, c'est moi, l'gars d'Saint-Just... » L'homme ne laisse pas Museux terminer sa phrase : « Crevure de vautour, t'es avec eux pour bouffer l'foie d'mon Blaise, t'entends, Blaise, sous prétexte que t'es faible et malade, y z'en veulent à ta viande... » La lame du forcené passe à deux doigts du visage de Museux qui esquive et qui frappe. Avec un bruit mat, sa rame s'abat sur la tempe gauche du domestique Sauzet, le fauchant net dans son élan. Il s'affaisse sur le corps mort de son fils comme un gros sac de grains. Trois soubresauts, un filet de bave sanguinolente et un silence pesant qui succède au fracas. Museux recule, il ne m'a pas vu derrière lui... Je trébuche, j'essaye en vain de m'accrocher, je m'écorche les mains et bascule en quelques secondes dans l'eau sombre.

J'ai déjà la tête hors du flot, malgré le sel qui me brûle les pupilles, je distingue le ciel crayeux. J'inspire avec une rage désespérée tout l'air que je peux absorber, mais c'est de l'eau que j'avale à nouveau. Je suis submergé par la vague qui vient de s'écraser sur moi. J'ai le larynx en feu, je suffoque, je suis roulé, ne sais plus où est la surface, où se trouve le fond. Ma gorge est à vif, mon crâne près d'imploser. Mes mouvements sont désordonnés, il me faut de l'air... J'essaye de nager, mais aucune de mes brasses d'épileptique, aucun de mes furieux coups de pied ne me fait remonter. Je sens l'affolement me gagner et avec lui l'asphyxie. J'ai les yeux écarquillés et ne vois que du gris verdâtre qui me noie et une masse sombre, presque noire qui arrive sur moi... L'étonnement, la peur, le choc avec mon front comme une explosion... Une douleur fulgurante qui me tord, une image de Gabriele, un gargouillement, l'abîme et le néant.

*

Sale goût de sel, de métal et de sang. Ma bouche est sèche et enflée, j'ai les mains écorchées et mes tympans sont déchiquetés par un couinement de scie égoïne qui rencontre un clou dans une mauvaise planche. Je ne suis pas mort. Ou alors l'enfer est humide et bruyant. Mon corps entier est endolori. Le simple fait d'entrouvrir les paupières me fait mal. « Tiens, bois ça, mon gars, ça te fera du bien ! » A la froideur acide du fer-blanc, je sens qu'on m'introduit entre les lèvres un quart ou une timbale. Je m'étrangle et notre vin de Ténériffe dont j'ai reconnu la teneur liquoreuse teintée d'un arrière-goût de goudron et de poisson, me ruisselle sur le menton. Je finis, en toussant, par avaler une longue gorgée qui me brûle et j'ouvre grands les yeux puis les referme. Rien n'a changé. Ni l'atonie du ciel, ni le soleil qui matraque sans répit, ni la population hagarde du radeau qui m'observe sans aménité.

Sans doute suis-je maintenant dans le clan des éclopés, celui des blessés, des inutiles, de tous ces hommes que, avant d'être des leurs, j'en étais venu à considérer comme des boulets. Je vois la grosse trogne de Museux, la barbe de Corréard, les deux me sourient. Je me sens incapable de parler mais les événements me reviennent... La bagarre avec le domestique du gouverneur, le dos de Museux qui me projette dans la mer, ma tête qui heurte un morceau de bois. Je ne sais combien de temps je suis resté sans connaissance. Mes vêtements sont amidonnés par le sel, mais presque secs. J'ai encore soif et je suis trop faible pour me lever... « Désolé pour le bain, chirurgien, mais c'est moi aussi qui t'a sorti eud'l'eau... J'ai cru qu't'avais trépassé après avoir embrassé eul' bout d'mât qui sert d'étrave à not'radeau... » La voix de Museux me résonne aux oreilles, je tente un sourire pour ne pas avoir à répondre, mais j'ai la lèvre fendue et grimace. En me voyant fermer les yeux, il a la bonne idée de ne pas insister.

Je me sens de méchante humeur et dans un sale état. J'en veux à tous mes compagnons, tous autant qu'ils sont, même à Museux qui m'a sauvé ! Je les exècre. Ils me sont étrangers... Je n'ai rien à faire avec eux, moi je suis là par erreur. Je ne veux pas crever sur ce radeau pourri avec ce ramassis de butors et d'abrutis, de geignards et de résignés, cette soldatesque mauvaise comme le scorbut et la diarrhée... Pensez de moi ce que bon vous semble ! J'en ai fini de la bonne conscience, de l'abnégation de convenance, de ces postures de héros de romans populaires pour une postérité à deux sous. Et quelle postérité ? La belle affaire ! Nous sommes moins d'une soixantaine à bord dont un peu plus de la moitié tient encore debout, et à ce régime nous serons tous bientôt morts. Nul ne pourra témoigner de notre errance. Et quand bien même ? Est-elle si racontable, cette pauvre épopée ?

Qu'avons-nous fait d'autre que nous lamenter sur nous-mêmes, nous menacer, nous voler, nous battre, nous entretuer et vouloir avant tout sauver notre peau tout en sachant combien, dans notre situation, il était vain de le faire ? Notre espérance de vie (trois jours, une semaine ?) est aussi limitée que l'espace exigu dans lequel nous sommes confinés. Nous divaguons sur un lambeau d'humanité long de quatre coudées. Univers rabougri, mesquins esprits, et combats dérisoires... J'ai beau me croire au-dessus du lot, je suis aussi insignifiant que mes congénères... Nous sommes, comme on dit sur les registres de marine, « portés disparus corps et biens » et c'est le mot juste : nos corps se décharnent et nous n'avons plus rien, pas même un reste de conscience. Nous ne laisserons aucune trace. A peine un rond dans l'eau, effacé par la première vague. A quoi rime cette survie sans espoir ni objet ? A quoi bon s'accrocher à l'existence quand on n'existe plus ?

CHAPITRE XXI

La lune presque pleine accentue les contours épais du corps avachi contre un madrier de teck mal équarri. Je vois notre homme, celui que le sort et moi (surtout moi) avons désigné. Il a une sale gueule, les joues lourdes et un double menton dont la barbe rousse et poisseuse ne réussit pas à masquer les meurtrissures boursouflées des rixes de l'autre nuit. Quelques coudées à peine nous séparent, et je peux distinguer d'ici ses paupières plus brûlées que les miennes. Elles lui font les yeux d'un goret mort-né. Sa bouche entrouverte laisse apparaître une effroyable dentition. Il semble dormir comme un soudard terrassé par trop de gnôle et de coups. Il est répugnant et j'ai soif.

De ma petite trousse de dissection, qui a par je ne sais quel miracle échappé aux flots, j'extrais le scalpel pliant. La lame est corrodée par le sel. Avec mes doigts gourds et ramollis par l'humidité, j'ai grand-peine à l'ouvrir. J'ai de l'eau jusqu'à mi-cuisses ; même allégé du poids des morts, le radeau est encore bien trop lourd pour nous maintenir au sec.

Museux silencieux me regarde patauger en direction du spadassin allongé. Je sais qu'il tiendra les curieux à l'écart. Inutile de lui réitérer la consigne. Il acquiesce comme s'il avait deviné mes pensées et donne une tape presque affectueuse à l'embout d'aviron qui lui tient lieu à la fois de gourdin et de canne. Sans Museux, je serais vraisemblablement étendu là, à la place du soldat que je m'apprête à taillader avec un bistouri rouillé. Pourquoi celui-ci plutôt qu'un autre ? Parce qu'il est mort voilà seulement quelques heures et que le soleil n'a pas encore eu sur son cadavre d'effets dévastateurs. Mais il me faut avouer que ce n'est pas l'unique raison. Parmi les blessés du radeau, trois autres ont péri cette nuit : un soldat, un passager espagnol et un marin. Si j'ai choisi le quatrième, c'est que j'avais déjà eu l'occasion de croiser son regard injecté lors de la grande rixe ; il n'était pas loin de me ficher sa baïonnette ébréchée dans le poitrail quand Museux, non pour me défendre, mais profitant du fait qu'il avait le dos tourné, lui a assené un terrible coup sur l'arrière du crâne. Je n'ignore pas que c'est à la fois puéril et mesquin mais l'idée que ce butor ait voulu et failli me tuer m'aide à découper sans trembler le coutil crasseux de son uniforme. Je sais la vanité de haïr un mort, mais j'ai besoin de cette fureur déplacée et rancunière pour rassembler mes forces et mener à bien mon affaire.

La peau blanchâtre et curieusement glabre de la cuisse est désormais à nu. Je pratique une longue incision verticale, puis une autre perpendiculaire. La lame, avec un léger crissement, attaque la chair. La chirurgie est mon métier et je découpe un mort qui souhaitait me tuer, mais je ne peux réprimer un spasme de dégoût. Les fragrances fadasses du sang se mêlent à l'odeur tenace d'iode et de poisson crevé que dégage le corps déjà gonflé du soldat. J'ai dans la bouche un sale goût de fiel et d'acétone. En six nuits d'enfer sur ce radeau, j'ai vu plus de morts et de sang qu'en trois années d'exercice de la médecine, mais la nausée s'empare de moi comme au premier jour. En dépit de la vacuité de mon estomac, je sens monter une incoercible envie de dégueuler et n'y résiste pas. Je vomis tripes et boyaux comme à l'heure de ma première dissection dont le souvenir me remonte douloureusement à l'œsophage... Ce jour-là, dans l'amphi du collège Saint-Côme, j'étais plus gris que le cadavre de l'homme aux bourses anormalement flasques qui était allongé sur le marbre de la table. Je serrais d'une main un peu moite cette même trousse de dissection en galuchat qui ne m'a jamais quitté depuis. « Perret Paris, rue de la Tissanderie ». L'eau de mer n'a pas réussi à effacer la marque à l'or fin du fabriquant. Le scalpel était alors flambant neuf et moi tout novice. Le tirage au sort m'avait désigné pour opérer le premier et mon estomac n'a pas résisté longtemps à l'odeur de la mort et à la vue de ce cadavre dont les yeux ouverts semblaient ne fixer que moi. Je n'avais pu réprimer un puissant réflexe vomitoire. Lagravière, mon professeur d'anatomie, n'attendait que cela pour placer de sa petite voix nasillarde son bon mot d'usage en pareil cas : « Il semblerait, mon ami, qu'une fois de plus, le haut-le-cœur l'ait emporté sur la raison... » Tout l'amphi, comme il se doit, avait éclaté de rire. J'aurais donné n'importe quoi pour être à la place du mort. Ce n'est pas le cas aujourd'hui, mais en m'essuyant la bouche pour tenter de me remettre à mon macabre découpage, je revois mon vieux prof qui craquait des articulations et grinçait de l'esprit. Alors que je tentais de me ressaisir, il m'avait pris le bistouri des mains : « Donnez-moi ça, mon petit, et observez ! » Il avait pratiqué une longue entaille sur la cuisse du mort et avec un total détachement, disséqué un à un tous les muscles : « Ouvrez les yeux ! Ce grand-là c'est le couturier, comme son nom l'indique il retient les autres... Là, nous voyons l'iliaque, le psoas, le pectiné, le premier adducteur, le droit interne, le droit antérieur, le tenseur du fascia lata... » Cette litanie absconse m'avait fait oublier la révolte de mes propres tripes et permis de reprendre du même coup mes esprits et mon instrument. Je plonge la lame rouillée dans le gras de la hanche de Chassaignon et ne pense plus à rien. J'incise, je taille, je draine, je débride, j'étale... Chirurgie, boucherie ? J'ai bientôt une quarantaine de morceaux de chair dans le lambeau de coutil mouillé qui me tient lieu de panier. J'essaye à nouveau de m'égarer dans les souvenirs ou d'en vouloir à la charogne qui a tenté de m'occire et que je débite, mais rien n'y fait : ni le lyrisme complaisant de mes pensées, ni la haine forcée. Il est vain de chercher à dissimuler l'indicible derrière les grands mots : la barbarie n'est pas soluble dans le récit.

Mon informe balluchon est rosé de sang et d'eau de mer. Il pèse bien plus de dix livres et je le rince à n'en plus finir. Je le trempe, le retrempe et l'essore encore dans cette eau salée toujours secouée du même lancinant clapot. L'horizon où le soleil commence à poindre me semble plus vide que jamais. Le plus gros est fait, le plus dur reste à accomplir.

Museux n'a pas bougé. Econome de ses gestes comme de ses mots, il attend que je parle. Mais avant que le silence ne devienne trop pesant, il me tend un petit flacon de métal. Il contient un fond d'alcool rugueux et brutal qui ravage les entrailles et incendie l'œsophage : « C'est rin que d'l'eau d'vie d'cheu nous. J'l'avais cachée dans mon barda, mais à c't'heure c'est comme un r'mède », dit le grognard de son débit lent qui trahit le paysan qu'il fut. Eau-de-vie... sacrée appellation alors qu'il ne reste plus la moindre goutte d'eau à bord et que tant d'entre nous sont morts ! Nous sommes privés de tout, mais notre sort ne manque pas d'ironie !

Le flacon de Museux, qu'il a réussi à préserver des vagues et des convoitises, n'en constitue pas moins un fabuleux trésor dans notre état de dénuement. Pour y goûter, plus d'un des passagers de notre lamentable embarcation serait encore prêt à tuer. Les yeux fermés, je porte la flasque à ma bouche. Dans quelques heures, la brûlure du soleil nous sera de nouveau insupportable, mais celle de l'alcool que j'absorbe le plus lentement possible me semble, pour l'instant, d'un infini réconfort.

Essuyant le goulot sur le pan le moins sale de ma chemise, je repasse son précieux breuvage à Museux. Il insiste pour que je prenne une seconde gorgée et je l'en remercie en mesurant l'absurdité de la situation : des manières de gentilshommes alors que nous nous apprêtons à nous nourrir de la chair d'un mort !

CHAPITRE XXII

Je me surprends à aimer les nuages. Surtout à déplorer leur absence quand le firmament vide se reflète sur la vacuité plus sombre de l'océan. Alors, comme maintenant, je souhaite qu'il s'en forme un, même infime, afin que sa tache vienne humaniser cette immensité brûlante, cette chape de désolation que l'horizon coupe en deux. Je digresse sur les cieux pour retarder encore un peu l'inéluctable, mais je suis prêt. Les « bouffeurs de cadavres », comme nous a appelés sans qu'on puisse lui donner tort le forcené occis par Museux, m'observent. Ils sont là qui m'attendent. Air grave mais mine de rien, ils s'en remettent à la responsabilité du praticien. Je m'abrite derrière la médecine, ils se cachent derrière le médecin.

Circonlocutions morales ou physiologiques n'ont d'autre finalité que celle de justifier notre décision plus civilement que par la simple envie de survivre ou la faim qui nous tord les tréfonds.

Quand, en ma qualité de chirurgien, mon tour est venu de donner mon avis, j'ai vite compris, à la façon dont ils m'avaient sollicité, que les protestations outrées, les cris d'orfraie n'étaient que de pure forme. Mes amis n'attendaient de moi qu'un quitus « scientifique ». Une approbation que je leur ai donnée en me dissimulant moi-même derrière un discours strictement thérapeutique. Il fallait rendre la chose acceptable, civiliser la sauvagerie de l'acte en la parant des vertus de la nécessité. Je n'ai pas été le seul à le faire. Ainsi Dupont, comme à l'Ecole de guerre, s'est-il lancé dans un long dégagement en trois points : « L'incapacité dans laquelle nous sommes de pêcher, le lâche abandon dont nous sommes les victimes, et enfin le devoir pour un officier de témoigner de notre drame... » Autant de raisons qui poussaient le lieutenant blessé à surmonter son « dégoût invincible pour les chairs ». Oui « les chairs » ! C'est le nom que nous donnons à l'objet de notre anthropophagie assumée. L'hypocrisie du propos n'en voile pas le sens. Et pour être franc, ce n'est plus tant l'acte de manger lesdites « chairs » qui nous inspire de la répugnance, que « les chairs » elles-mêmes. Nous les avons laissé boucaner au soleil. Toute une journée. « Ce cagnard nous grille la couenne, il cuira ben ç'te charogne ! » a lancé Museux en déposant les morceaux sur leur linge en plein soleil, non sans avoir trempés une fois de plus dans la mer : « On a l'saloir, on a l'séchoir... » Mais le salage comme le séchage doivent être insuffisants. Après un jour de fournaise et une nuit à mariner dans un mélange d'eau de mer et de vin, le résultat est peu ragoûtant. Les « chairs » ainsi apprêtées restent à l'œil comme à l'odeur plus proche de la charogne que du salmis. A se demander si nous n'éprouvons pas plus de difficultés à surmonter notre dégoût que nous n'en avons eu à transgresser l'interdit.

Je m'en moque. Je ne veux pas savoir si c'est ma conscience ou mon corps qui se révolte mais je sens ma colère monter. Je refuse l'abrupte logique qui m'a attribué le rôle qu'on attend de moi. Pour mes lâches compagnons, c'est trop simple : je suis de ceux qui ont suggéré de manger ces foutues « chairs », j'ai opéré les prélèvements, veillé à la préparation, c'est donc à moi qu'il incombe d'ingérer le premier morceau. Exorbitant privilège! Pourquoi cet insigne et répugnant honneur ne reviendrait-il pas à l'un de ces tartuffes?

Pourquoi pas à Dupont, avec ses certitudes obtuses de militaire? Pourquoi pas à Corréard, qui reste ingénieur dans la vie comme dans l'horreur? Oui, tiens, pourquoi pas lui, le méthodique, le rigoureux pour qui le moindre sentiment relève de l'arithmétique. Non content d'attendre mon expérimentation, le voilà qui s'enquiert « des heures et du mode de distribution ». Il va être servi, l'ingénieur : « Les heures, c'est tout de suite ! Et pour la distribution, à toi l'honneur ! » Je tire vers lui le linge dont la pâleur du jour éclaire d'une lumière sinistre le contenu. Les morceaux découpés par mon bistouri ont une teinte grise et violacée peu ragoûtante. « Tu peux choisir, Corréard, ici le premier servi a tous les droits... » Je l'empoigne par la chemise et le secoue, je vois de la peur dans son regard et ma force en est décuplée. D'un coup de coude, je me débarrasse de Museux qui essaye de me tirer en arrière et je hurle à la face de Corréard : « Allez, décide-toi ! Tu as du maigre et du plus gras, tout est bon dans le soldat. C'est comme dans le cochon et celui-là était un foutu porc, il a failli avoir ma peau et nous on va bouffer sa chair... Sers-toi bien, donne l'exemple ! » Corréard est tétanisé par la surprise et l'effarement. Je le lâche d'une main et je pioche un morceau que je lui colle sur la bouche : « Allez, ne fais pas ton timoré, il n'y a pas meilleur pour tes humeurs ! » Le teint livide, la bouche pincée, il tente de détourner la tête en bégayant : « Arrête, Savigny, qu'est-ce qui te prend ? » Mais je le secoue de plus belle en serrant dans ma paume le bout de viande tiédasse. « Alors on fait le délicat ? Il te faut encore un avis médical ? Eh bien regarde, je vais te les donner, mes impressions... » Je lâche son encolure et porte à ma bouche le bout de chair... Je dois m'y reprendre à plusieurs fois pour réussir à en détacher un morceau fibreux avec mes incisives. La carne crue, même trempée dans le vin, est dure et délétère, le goût plus aigrelet que salé. Je mastique nerveusement cette bouchée qui exsude un jus suret. Je ne sais pourquoi, je pense à du cheval mort. Ma colère m'abandonne, mes jambes ne sont pas loin d'en faire autant, mes oreilles sifflent, mon regard se voile, je m'entends dire comme en écho : « Cette bidoche est infecte, Corréard, mais tu vas en bouffer parce que tu sais comme moi que si tu n'en bouffes pas, c'est nous qui finirons par te bouffer... » Mon estomac proteste, mais je ne vomis pas. Je le sens douloureusement se contracter au fur et à mesure que j'ingère ma bouchée. On me tend un quart qui contient un fond de vin que j'avale lentement comme si sa saveur lavait mon dégoût. Je prends un autre morceau, un de ceux qu'avec mon bistouri j'ai coupé fin pour en faciliter le séchage. Il est tout aussi fibreux que le précédent mais plus facile à mastiquer et le goût vineux estompe la fadeur putride. Mon estomac est encore au bord de la révolte, mais ma hargne s'est calmée. Ce changement d'humeur et d'état n'a pas échappé à Corréard dont je vois le visage se détendre sous la barbe clairsemée. « Nous sommes tous épuisés, les nerfs à fleur de peau », me dit-il avant de choisir sur le linge un des morceaux et de le porter à sa bouche sans autre commentaire. Certains hésitent encore, d'autres s'avancent. Je regarde ces gueules rongées de barbe sale, ces yeux gonflés, ces peaux rougies par les brûlures qui seules leur confèrent l'incarnat des vivants. Ces hommes, délabrés, nécrosés, qui marquent tous un temps d'arrêt puis mastiquent en silence leur ration infecte mais salvatrice, comme ils le feraient d'une médication. C'en est une. Et c'est ainsi sans doute que, comme moi, ils s'efforcent de la voir : de la fibre musculaire gorgée du sang qui lui donne sa couleur pourpre. De l'eau et des matières organiques, autant de composants reconstituants, fortifiants, indispensables à ma survie comme à la leur... Je sais que ce n'est pas demain que nous serons secourus... Il faudrait d'abord que les chaloupes aient réussi à atteindre Saint-Louis sans échouer à la côte. Et si tel est le cas, plusieurs jours seront encore nécessaires à l'affrètement des embarcations qui devront ensuite nous trouver, alors que nous n'avons pratiquement aucun moyen de nous faire repérer. Peut-être ne le serons-nous pas. Je me sens en tout cas, plus que je ne l'ai jamais été, résolu à faire le nécessaire pour tenir le plus longtemps possible. Prenez et mangez, ceci est le corps de l'un d'entre nous. Pas celui de Dieu, celui d'un pauvre diable! Nous voilà liés par cette

Cène sacrilège. Mais en attendant le Jugement dernier, ceux qui ont refusé les chairs sont prompts à nous juger. Ils nous montrent du doigt d'un air dégoûté. Je sens leur regard peser sur nous. Eux les martyrs et nous les nécrophages. Les cœurs purs contre les mangeurs de foie. Ils ne sont pourtant que des pleutres qui croient que notre condamnation leur tient lieu de vertu, et chez les plus atteints, de sauf-conduit pour l'au-delà. Je n'ai nulle compassion pour ces faux braves, ces tartuffes qui s'entretuaient pour trois colifichets et aujourd'hui font de nous des monstres. Qu'ils crèvent, nous tiendrons le temps qu'il faudra !

CHAPITRE XXIII

En juillet comme en août, les nuit sont lourdes à Saint-Louis-du-Sénégal. L'air est rare. L'atmosphère putride incline à la nausée. L'abbé Charbonnier est en sueur. Il ronflait comme une bûche sous sa moustiquaire dont la gaze est constellée de traces d'insectes écrasés. Des coups répétés à sa porte viennent de le tirer de son sommeil moite et pâteux. Il a la gorge desséchée et l'haleine d'un phacochère. Ses cheveux rares sont dressés sur sa tête et sa queue est douloureusement raide sous la chemise de popeline sale dans laquelle il s'est endormi. A la hâte, il s'empare d'une paire de caleçons dont le coutil masque mal son érection matinale. Et c'est dans cet accoutrement peu conforme à l'imagerie pieuse qu'il se dirige vers le vestibule où l'on frappe. Au passage, il s'empare d'un long pistolet dont il arme le chien sans chercher à en dissimuler le bruit. « Qui est là ? Que me veut-on à pareille heure ? demande-t-il d'une voix encore voilée des vapeurs de l'absinthe et des humeurs de la nuit.

— C'est Angèle, mon pèwe, je viens faiwe pénitence...

— File d'ici, moricaude ! Je t'ai déjà dit de ne pas m'appeler "mon père" !

— Mais, monsieur le cuwé, c'est toi qui m'as dit...

— File à ta case, diablesse ! Laisse-moi en paix, va-t'en brûler chez Satan !

— Non, ouvwe ta powte ! Ouvwe ta powte tout de suite, ou alowe je crie pawtout la ville, comment tu bénis mon cabinet ! »

L'abbé n'a pas eu besoin de ces menaces dont il n'a cure pour commencer à déverrouiller la lourde porte en bois de bubenga. Dès qu'il a reconnu la voix chantante de la jeune Sénégalaise, il a su qu'une fois de plus il allait « se perdre ». C'est son expression, et l'abbé considère que cette perdition est nécessaire à sa mission. Pour ramener les pécheresses sur le chemin de la piété, c'est dans le péché qu'il doit aller les chercher. Et il s'y emploie sans compter. Dieu qui, relayé par l'évêché et l'administration, a choisi de l'envoyer exercer son saint ministère à Saint-Louis-du-Sénégal, poste avancé sur la route de l'Enfer et du mal, sait que, dans ce faubourg des gémonies, le mot sacerdoce n'a pas le même sens qu'à Paris.

Le mal par le mal. Mais attention qu'on ne se méprenne pas, le saint homme ne donne pas dans la concupiscence ordinaire. Charbonnier, Louis Marie Antoine de son prénom, quand il se vautre dans le stupre le fait avec dévotion. Pour évangéliser l'indigène, pas question de bâcler, il lui faut du rituel à l'abbé. Charbonnier a le dogme scrupuleux. Il a même tendance à la surenchère. Fi des voluptés sommaires ! Pour l'abbé-greffier-notaire sans qui rien ne peut se vendre ou s'acheter à Saint-Louis, la luxure missionnaire se célèbre comme un office. Et pour le moment, le saint homme se sent prêt à dire la grand-messe chantée.

Voilà déjà près de trois mois qu'il a inculqué à Angèle Gombo le sens du sacré. Elle a eu le temps de s'imprégner du cérémonial. Aussi, à peine entrée, la pénitente se dirige droit vers le prie-dieu d'ébène et de velours bleu installé dans la chambre de Charbonnier. La jeune Africaine s'agenouille sans mot dire, tête baissée, yeux fermés et fesses incroyablement rebondies sous son pagne carmin. En un instant, elle ne porte plus sur elle que son diël-diëly, cette ceinture de perles parfumées dont la fragrance et le bruit ont le don de mettre l'abbé, quand il la besogne, dans un état proche de l'épectase. Angèle a les mains jointes en prière et laisse reposer ses seins ronds et pleins sur le velours de la partie haute du prie-dieu. Comme sur un présentoir.

Sans un regard pour la pénitente, Charbonnier se débarrasse de ses caleçons et de sa chemise pour passer une longue soutane boutonnée jusqu'au col. En silence, il s'approche du prie-dieu dont l'occupante dénudée semble toujours en pleine contrition : « Je vous écoute, ma chère enfant, parlez sans crainte, dites-moi comment vous avez offensé Notre Seigneur tout-puissant... » Sans se retourner, mais en levant ostensiblement la croupe, Angèle pousse un léger soupir : « Mon pèwe, j'ai eu de twès mauvaises pensées du côté des pawties la honte...

— Précisez ma fille quelles sont ces pensées et que nommez-vous ainsi ?

— Tu le sais bien, vieux bouc... pawdon mon pèwe, c'est toi qui m'as dit que mon foufou il avait la honte et qu'il fallait le puniwe... »

— Certes, certes, ma pauvre enfant et je vais devoir me charger de cette pénible sanction, mais auparavant, dites-m'en davantage sur ces pensées impies...

— Ah mon pèwe, c'est tewible... sans awêt je pense à faiwe fik-fik avec l'homme ! »

Tout en continuant à solliciter sa confession, Charbonnier s'est placé derrière Angèle : « Voulez-vous dire, ma fille, qu'à cet instant précis vous avez de ces pensées comme vous dites ?

— Oui, mon pèwe !

— Eh bien, avant de vous accorder miséricorde, nous allons voir ça... »

L'abbé glisse sa main entre les fesses douces d'Angèle jusqu'à la motte charnue où l'odeur de la chair se mêle à celle de l'encens. Il palpe de la paume la petite touffe de poils à la fois doux et drus. Angèle profère un léger soupir quand deux doigts de l'abbé la pénètrent sans la moindre difficulté... « Ah malheureuse mais c'est encore bien pis que ce que vous m'avouez. » Tout en parlant, l'abbé fouaille franchement le sexe de l'agenouillée qui enserre sa main.

« C'est trop grave pour que je vous accorde d'emblée l'absolution, ma pauvre petite. Je vais dire une messe que vous allez servir... » Son visage garde le masque de la parfaite componction tandis qu'il fourgonne toujours activement le con brûlant de la pénitente qui désormais soupire en venant au-devant de sa main. De l'autre, il a déboutonné le devant de sa soutane, libérant une verge à la vigueur inhabituelle chez un homme censé en faire abstraction. « Allons, pécheresse, hâtons-nous! Je te fais grâce du *Credo* et du *Confiteor*, consacrons-nous à l'*Introït...* » Angèle s'agenouille à même le sol, levant très haut son cul somptueux et rieur. Et Charbonnier s'enfonce en elle en se délectant de ces prières qu'il lui a apprises. Dans le tintement des perles, il s'active à grandes embardées, passant de l'infinie douceur à la brutalité : « C'est ta faute, c'est ta faute, c'est ta très grande faute... » L'abbé ahane. Son teint de cire a viré au cramoisi. Il agrippe maintenant les seins d'Angèle et en pince les bouts, « Foutredieu, moricaude, tu vas l'avoir, ta pénitence... » et il ne tarde pas à gicler presque douloureusement. « *Ite missa est... !* »

Charbonnier, comme à chaque messe, se dit que c'est peut-être la dernière. Il sait que bientôt il devra regagner la France. Une flûte, *La Loire*, une corvette, *L'Echo*, un brick, *L'Argus* et une frégate, *La Méduse* sont parties de Rochefort et font route vers Saint-Louis. A bord de l'un des navires se trouve son successeur désigné en tant que notaire-greffier, un certain Picard. Pas un homme d'Eglise, un petit fonctionnaire de la marine. L'abbé est certes un peu amer à l'idée qu'on puisse le remplacer par un fonctionnaire besogneux, mais ce qui l'accable, c'est de devoir rentrer. Perdre sa charge n'est pas mortel, Charbonnier a mis suffisamment de biens de côté pour ne point s'en inquiéter. Mais regagner la France, jamais!

C'est décidé. Même si Saint-Louis n'est plus sa chapelle, l'Afrique restera son diocèse. Il ira à Rufisque ou à Couconda, à Malaguete, à Songo ou à Cassaba, car il sait que ce n'est point entre Vierzon et Romorantin qu'il trouvera de sitôt des fidèles comme Angèle et des pouvoirs à la mesure de ceux qui sont ici les siens.

La belle a déjà filé. Charbonnier, après quelques promptes ablutions, se rajuste et appelle son serviteur John Barnabé pour se faire raser. Le grand nègre mandingue qui a hérité du prénom de John chez son premier maître anglais et de celui de Barnabé chez Charbonnier se nomme en réalité Sanka. Il est pour l'heure d'une humeur de hyène et le fait savoir à son maître en s'acquittant du rasage avec une dextérité plutôt sèche. Barnabé a vu Angèle sortir de chez Charbonnier. Et Angèle est son épouse favorite. D'ou son courroux ostentatoire. L'abbé, à qui la chose n'a pas échappé, tente de calmer le jeu. Conscient des dégâts que pourrait occasionner sur sa sainte personne un coup de rasoir malencontreux ou mal intentionné, c'est en homme de Dieu qu'il s'adresse à son robuste serviteur : « Ta femme a le diable au corps, Barnabé, mais je vais le lui enlever... C'est très difficile car le Malin laisse croire qu'il est parti et il revient... Elle le sait, et de jour comme de nuit, dès qu'elle le sent, il faut qu'elle vienne se confesser, toi tu dois continuer à prier... » Barnabé qui a déjà eu l'occasion de surprendre à deux reprises son maître en pleine « confession » avec une autre femme, la cuisinière du négociant Garbois, ne répond pas et enlève d'un seul coup de lame tout le savon à barbe qui reste sur le cou de Charbonnier. Pas la moindre égratignure, mais l'abbé a eu chaud aux veines jugulaires et ne peut réprimer un frisson rétrospectif, tandis que son homme à tout faire lui passe vigoureusement le menton à la pierre d'alun...

« Father Charbonnier, father Charbonnier ! Sir Crumley il demande après vous ! » Milton Domboué, tout essoufflé, vient d'entrer sans frapper. C'est le vieux domestique de Crumley, l'exportateur de gomme : « Que se passe-t-il, Domboué, nous sommes en guerre ?

— No, *Father*... Le *french* bateau *Medusa*, il a cassé sur le *reef*, *people* sauvés du *shipwreck* sont chez mister Duplantin avec mon maître qui m'a dit courir chercher vous...

— Va leur dire que j'arrive, Domboué ! Et toi, Barnabé, prépare la voiture ! »

Charbonnier vérifie l'ordonnancement de sa soutane, choisit un chapeau de paille à large bord et rejoint rapidement son domestique déjà installé aux rênes du petit landau attelé à un cheval bai. Alors que la voiture s'ébranle, l'abbé ne peut retenir une funeste pensée en forme d'espoir à l'encontre de son successeur, ce Picard pour lequel il prononcerait volontiers l'oraison des naufragés.

La maison de Duplantin est une vaste bâtisse que jouxte un lourdaud hangar à grains. L'abbé connaît les lieux. Il s'y est déjà rendu par deux fois ; la première pour prendre acte de vente, la seconde afin de délivrer les derniers sacrements à

Louise Célestine Duplantin, l'épouse du négociant, atteinte de malaria et victime non pas d'un accès de fièvre mais d'un excès de fébrifuges.

Devant le porche qui ouvre sur une large cour intérieure pleine de bougainvillées, c'est l'effervescence. Une vingtaine de femmes noires aux robes de couleurs vives piaillent fort avec un costaud en livrée jaune qui tente, sans trop de succès, de les repousser. Des enfants courent dans leurs jambes, une mule stoïque boit dans une flaque d'eau boueuse. Dans la cohue où se bousculent aussi plusieurs Européens, Charbonnier reconnaît ce maigrichon de Louis Fandas, son ancien clerc reconverti dans la bimbeloterie. Le garçon l'aperçoit et s'approche : « Ah vous voilà m'sieur l'abbé, ah quelle affaire ! Paraît qu'y sont plus de deux douzaines dans l'office à m'sieur Duplantin et faut voir dans l'état qui sont, z'ont la peau qui part en lambeaux à ce qui paraît... C'est des gars d'*La Méduse*, avec eux y a deux officiers... Si les canots sont pas envoyés à la côte, il y en a d'autres qui vont arriver... Ah quelle histoire ! » Charbonnier ne craint pas la foule mais n'aime guère être confondu avec cette troupe bruyante de curieuses et de badauds attirés par l'odeur du drame. Lui, on l'a fait mander. Le cerbère l'a reconnu et lance un retentissant : « Laissez passer la voiture de monsieur l'abbé ! »

Dans la cour, c'est Rosevita, la jeune épouse un

peu dodue d'un sous-intendant de manufacture qui accueille l'abbé. Comme toutes les signares, les femmes noires de Saint-Louis qui ont convolé avec un Blanc, elle adore faire l'élégante et c'est dans une robe d'un bel écarlate qu'elle devance Charbonnier. L'ecclésiastique ne jette qu'un regard rapide aux fesses rondes de Rosevita. Duplantin et Crumley arrivent à sa rencontre dans le vestibule. Le maître des lieux s'exprime le premier : « Ah, vous voilà enfin, Charbonnier ! L'un de ces malheureux n'a pas pu vous attendre, il est passé, venez, c'est par ici ! » En franchissant la porte de l'office, l'abbé est assailli par la prégnante odeur de soupe et de sueur, de corps sale et de poisson séché que dégage la moiteur des lieux. Une vingtaine d'hommes occupent la pièce. Quelques-uns sont assis autour de la table, mais la plupart des naufragés sont couchés sur des paillasses. Tous ont le visage rouge sous la barbe et arborent des bandages. « Les brûlures de soleil », dit Crumley. Le mort a les yeux vides, Charbonnier les lui ferme et se signe avant de le recouvrir d'un drap. Deux grosses femmes en tablier s'activent aux fourneaux sur lesquels chauffent trois énormes marmites fumantes qui sentent le bouillon gras et le chou.

CHAPITRE XXIV

Son souffle s'est réduit à une litanie de râles rauques et douloureux. Une sueur sale perle sur son visage déjà marbré du teint gris de la mort. Seul le blanc des yeux cernés de violacé l'éclaire encore d'une lueur de vie. Son regard me fixe sans que je sache s'il m'implore ou s'il me maudit. L'homme essaye de parler, mais sa gorge est nouée et rien n'en sort, sinon une toux abrasive. Je pose ma main sur son front. C'est tout ce que je peux faire. Il va mourir. Il est trop tard et je n'y peux plus rien. Sa main gonflée aux ongles longs et noirs griffe l'air dans une convulsion et retombe avec un bruit mou contre le morceau de toile sur lequel il est à demi allongé. Ses yeux sont figés, sa bouche entrouverte laisse apparaître deux dents brunes et écartées au milieu d'une barbe mitée par la pelade. Il a cessé de respirer. Il est le cinquième mort de cette journée, sous le soleil aux couleurs de métal en fusion qui nous consume.

Que sais-je de cette existence qui vient de s'arrêter ? Sans doute une pauvre vie de marin, puisque le trépassé assis porte une vareuse comme celle des hommes de pont de *La Méduse*. Mort en mer, un de plus. Quel âge avait-t-il ? 30 ans, 40 ? Difficile de se rendre compte tant notre errance nous a tous, en si peu de temps, vieillis et abîmés : deux semaines pour dix années. Et des morts comme dans une guerre. De plus de cent cinquante hommes quand nous avons abandonné la frégate, nous ne sommes plus sur ce radeau qu'une quinzaine à avoir résisté aux vagues, aux brûlures, à la faim, à la soif et surtout à notre propre barbarie. Pas un matin sans son lot de cadavres. Par dizaines les nuits de tempête ou de rixe, quelques-uns seulement les jours les plus cléments. S'il faut établir une sinistre moyenne, cela fait sur la surface exiguë d'un galetas, plus de quinze morts par jour. Or nous sommes tout juste, maintenant, ce nombre de vivants.

C'est dire que, même revigorés par ces chairs que nous nous sommes décidés à ingérer (j'ai encore du mal à dire manger), nos jours restent comptés. Combien de temps encore à nous nourrir les uns des autres pour aller jusqu'au bout de notre errance ? « Mange ta main, garde l'autre pour demain ! » A ce rythme, le dernier restant se mutilera-t-il lui-même pour tenir plus longtemps ?

J'ai les yeux secs, les paupières irritées. Malgré la morsure du sel, l'eau de mer dont j'asperge mon visage me fait du bien. C'est en m'essuyant au revers de ma manche que je l'aperçois très loin devant moi.

La tache est minuscule et de couleur brune. Sans doute une impureté sur la cornée, un infime morceau d'algue ou de bois qui trouble ma vision. J'ai beau me frotter les yeux, elle est toujours là, comme une chiure d'insecte sur la ligne d'horizon. Elle disparaît soudain derrière la crête d'une vague puis elle revient, minuscule, à des lieues au loin, mais elle est bien là. Si je tourne la tête je ne la vois plus, ce n'est donc pas un trouble de la vue. Je ne peux dire d'où je suis si la tache se déplace ou si nous allons vers elle, mais je me rends compte que je n'ai plus ce terrible sentiment d'inertie. Cette impression de ne plus avancer que confère la dérive sur un océan vide. La sensation d'aller nulle part car nous ne voyons nulle part où aller, aucun point auquel accrocher notre regard. Ce que je distingue est trop loin pour pouvoir déterminer s'il s'agit d'un écueil mais, si ce n'est pas un mirage engendré par trop de cagnard sur nos fronts, c'est bel et bien un repère : le premier depuis que l'épave de *La*

Méduse et les côtes du Sahara ont déserté notre champ de vision...

« Voiiiiiiiiiiiiiiile ààààà l'horizon !!! » Ce cri, éructé par un soldat qui m'avait pourtant l'air agonisant quelques minutes auparavant m'a devancé. Il me frustre de celui que j'allais moi-même pousser, mais aussi de la joie de profiter seul de la bouffée d'émotion qui m'a envahi lorsque j'ai saisi que la tache avait la forme carrée d'une voile de navire.

Pas le temps de m'en assurer. L'effet du cri a été instantané. Tous les hommes se sont levés en même temps et notre radeau a gîté vers l'avant. « Oui, droit devant, c'est ça, le petit point marron ! » Les mains en visière au-dessus des yeux, chacun scrute la ligne où le ciel jauni rejoint la mer sombre : « Ça y est, je la vois, on dirait un hunier ou un petit cacatois ! » lance un marin. « Sûrement pas ! Sinon on verrait les deux autres mâts, moi je parierais plutôt pour une brigantine, m'est avis qu'c'est un petit bateau ! » Le point grossit moins vite que les hypothèses. Tout y passe, de l'écueil rocheux au foc d'artimon, du petit hunier à toutes les voiles possibles et imaginables pour tout type de navire. Même le mort, que la rigidité cadavérique a fixé dans sa position assise, a l'air de participer au débat et à la joie qui nous a tous submergés en quelques secondes.

Un soldat grimpe à ce qu'il reste de notre mât de fortune et agite sa chemise le plus haut possible. D'autres, dont moi, en font autant en espérant que nos dérisoires pavillons seront vus de très loin. C'est le seul signal que nous sommes à même d'envoyer. Plus de poudre, plus de munitions pour tirer au fusil et essayer de nous faire entendre. Pas même la possibilité de faire un feu dont la fumée pourrait signaler notre présence... Nous n'avons que les lambeaux crasseux de nos chemises, nos cris sans écho et nos gesticulations dérisoires. C'est en quinze jours le premier bateau que nous croisons. Chacun d'entre nous sait que, s'il s'éloigne sans nous voir, nous pouvons dire adieu à tout espoir de survie. Mais ce n'est pas pensable. Après tant d'infortune nous avons bien droit à un peu de chance !

En un instant notre destin funeste a basculé dans le bon sens, le balancier ne peut si vite revenir en arrière. Voilà moins d'une demi-heure, accablés de malheur et de chaleur, dans un silence de mort, nous dénombrions les cadavres du jour, et nous voici debout, même les blessés, ranimés, revigorés par cette voile qui paraît s'être dédoublée. Notre résurrection ne peut être de si courte durée ! Depuis quelques minutes, je crois bien distinguer un second carré brun juste sous le premier. Et je ne suis pas le seul : « Pas d'doute, c'tun brick ou une goélette, pas une barcasse qui nous arrive là ! » décrète Museux. J'agite ma chemise de plus belle. Je ne sens plus ni la chaleur, ni la fatigue, ni la soif, je suis fou de bonheur. J'oublie le calvaire que nous avons enduré, je ne pense qu'à la suite, à ce bateau qui s'avance dans notre direction et qui va nous sauver, nous ramener vers la vie.

Corréard a récupéré les cerclages de fer de deux barriques vides et y attache tout ce que nous avons de plus coloré. Le foulard rouge vif d'un matelot, l'écharpe vert cru, provenant sans doute d'une malle pillée, que lui a tendue un soldat, mais aussi divers effets bleus, blancs et noirs comme autant de pavillons qu'un jeune marin agite maintenant au plus haut de notre semblant de mât. Il est encouragé par nos cris d'autant plus joyeux que nous procédons à une distribution de vin. Un bon quart pour chacun, en une fois, plus du double de la ration d'une journée ordinaire. Fi des privations, du vin parcimonieux que l'on goûte comme un nectar alors qu'il sent la poiscaille et le goudron, que l'on garde le plus longtemps possible dans la bouche puis qu'on avale lentement pour le faire durer encore un instant. J'absorbe avec avidité une franche gorgée comme on boirait pour se désaltérer, comme si nous pouvions nous servir à satiété. Mes compagnons font de même. Certains ont vidé leur quart cul sec et en redemandent, bruyamment. En haut du mât, le marin s'est arrêté d'agiter son cercle de tonneau pavoisé. Bien qu'il vienne lui aussi de boire sa ration de vin de Ténériffe, son visage est crispé et je comprends vite pourquoi : à l'horizon, la voile est en train de s'éloigner.

Le navire a viré de bord et n'avance plus vers nous. Nous ne sommes que deux à nous en être aperçus car, sur le radeau, les libations bruyantes continuent. Mais l'angoisse est un mal contagieux. A voir la tête que je fais, Museux puis Corréard ne tardent pas à scruter eux aussi l'horizon. Nous dérivons désormais en direction opposée du bateau dont nous ne distinguons plus qu'une trace qui diminue. Le bruit lancinant de la mer recouvre la clameur qui s'élevait du radeau. « Sans doute le navire file-t-il droit sur le Sénégal pour y chercher du secours. » J'ai lancé cette idiotie comme si elle pouvait empêcher qu'une nouvelle fois le désespoir s'abatte sur le radeau. Je n'y crois pas un instant. Le bateau suit sa route sans se préoccuper le moins du monde de notre présence, parce qu'il ne nous a pas vus. Ou alors il aura pris notre voile pour celle d'un petit bateau de pêche. « S'il nous avait vus, pour sûr qu'il aurait filé droit sur nous ! » intervient Museux. En dépit du bon sens évident de sa repartie et de mon propre sentiment, je n'en persiste pas moins dans mon optimisme forcé : « Il manquait sûrement de vivres et d'eau et a préféré retourner à la côte s'approvisionner. N'oublie pas que, s'il a été prévenu par les gens de *La Méduse*, il nous croit plus de cent cinquante hommes sur ce foutu radeau. D'où il était, même avec une bonne lunette, il ne pouvait voir que nous ne sommes plus qu'une quinzaine. » Ma réponse n'a guère plus de sens que ma première intervention, pourtant je sens qu'elle rencontre davantage d'écho chez mes compagnons. Elle suffit à ceux qui veulent y croire. Tous ceux qui refusent de passer à quelques encablures du salut et de replonger dans l'enfer en regardant la petite tache brune de l'espoir se déliter sur l'horizon.

Nouvelle distribution de vin, encore un quart pour chacun. Cette fois nous ne distinguons plus rien. D'abord parce que la voile est hors de notre vue. Ensuite, parce que, pour nous protéger de la fournaise, nous nous sommes réfugiés sous un bout de voile attaché au mât qui nous tient lieu d'abri. La chaleur est suffocante, mais au moins nous sommes un peu protégés des morsures du soleil et de la réverbération. La toile nous masque le ciel et en partie l'horizon. Nous sommes abasourdis. Plusieurs d'entre nous, sous l'effet conjugué de la désespérance et du vin, ont sombré dans une prostration proche du sommeil. Moi-même je me sens abruti, incapable de faire le moindre mouvement dans cette étuve où confit notre accablement. Je dois enjamber deux corps assoupis pour atteindre en me courbant la sortie de notre abri de toile. L'air est toujours brûlant mais plus respirable qu'à l'intérieur et ce que je vois sur le côté de notre radeau est proprement hallucinant.

CHAPITRE XXV

« *A rough and tough task...* » C'est ainsi que Deborah Wolseley résume à Vénoncourt les dix jours de navigation en chaloupe et la longue marche dans le désert des rescapés qui sont arrivés à Saint-Louis avant hier. « *You're absolutely right, Madam! It was not a gentle walk in the country, for sure!* » Respirant fort, le capitaine de corvette est moins préoccupé par le sort de ces malheureux que par les seins lourds de Deborah qu'il regarde ballotter au rythme de ses assauts réguliers. Il connaît les épreuves endurées par les rescapés de *La Méduse* parvenus à pied à Saint-Louis, aidés par des Maures après que d'autres, moins accueillants, les ont rançonnés et dépouillés du peu qu'ils avaient. Avec leur chaloupe, ces hommes, sous la férule d'un officier, avaient choisi d'aller à la terre la plus proche, en oubliant qu'entre la soif, les bêtes et les tribus hostiles, le désert pouvait se montrer plus redoutable que la mer. Vénoncourt sait d'autant mieux comment et combien ces hommes ont souffert, qu'il a visité ce matin les plus affligés d'entre eux, conduits à l'hôpital anglais après avoir reçu les premiers soins dans la maison du négociant Duplantin. Cette visite, plus empreinte d'obligation protocolaire que de chaleur humaine, a été décidée par le gouverneur Schmaltz. Les rescapés du désert souffrent de sérieuses brûlures et de déshydratation, mais tous seront remis sur pied en une dizaine de jours. Les deux médecins qui les ont examinés l'ont affirmé. Et Schmaltz, un rien grandiloquent, le leur a répété dans un discours solennel d'où il ressortait que leur confort était sa priorité avant de conclure : « Tout ce qui est en mon pouvoir sera fait ! » Le problème est que « tout » le pouvoir de Schmaltz à Saint-Louis, cela ne représente pas grand-chose. En tout cas, beaucoup moins que son titre ne le laisse supposer. Le pouvoir, ce sont toujours les Anglais qui le détiennent, qui en usent et en abusent. Vénoncourt le sait bien pour avoir expérimenté le premier l'hypocrisie du *governor* Brereton qui fait tout pour retarder la remise du Sénégal et de Gorée. Le commandant de *L'Echo* n'est pas mécontent que Schmaltz le remplace dans ce jeu de dupes. Désormais en première ligne face à Brereton, le gouverneur se retrouve à la merci de celui à qui il est censé imposer son autorité, situation paradoxale et déplaisante.

Après être entré à Saint-Louis en piètre équipage, voilà le gouverneur du Sénégal contraint de se plier aux tracasseries administratives des Anglais. « *Enjoy your stay!* » ne cesse de lui lancer Brereton chaque fois qu'il le croise. Les rencontres sont fréquentes, car son homologue anglais, tout en se montrant préoccupé du sort des rescapés envers lesquels il ne ménage pas sa sollicitude, fait surveiller les allées et venues des Français et l'hébergement de son successeur désigné dans la maison d'un négociant. En revanche, les hommes de troupe, à l'exception des rescapés admis à l'hôpital, sont fermement invités à rester au large sur leurs bateaux tant que tout n'est pas réglé. « Il faut accomplir les formalités, et le traité de Paris sera appliqué. Cela ne sera pas long mais il convient de faire les choses dans les règles, n'est-il pas ? » dit Brereton. Ce genre acidulé déplaît évidemment au gouverneur français auquel le sens de l'humour comme celui de la repartie sont étrangers. Pour Vénoncourt, le cas est un peu différent. Si le commandant de *L'Echo* voue Brereton et ses affidés qu'il nomme « les fouines » à des gémonies scatologiques, la situation de Schmaltz n'est pas loin de l'amuser. Il ne porte pas le gouverneur dans son cœur, d'autant que ce dernier vient de lui donner l'ordre d'appareiller avec *L'Echo* pour le Cap-Vert. C'est dans cette presqu'île que Schmaltz entend, avec tous les navires de l'expédition et les hommes valides, patienter jusqu'à la restitution de nos établissements du Sénégal. Ainsi que de Gorée, de la Gambie, du Galam, de Portendick, Rufisque, Joal, Albreda, Portudal, de ce foutu banc d'Arguin, et de Saint-Louis dont il va finir par devenir la risée si Brereton continue ainsi à le faire mariner.

Vénoncourt n'a rien contre le Cap-Vert qu'il ne connaît pas et dont Schmaltz, sans en savoir plus, lui a vanté les bienfaits. Mais quitter la ville signifie aussi laisser Deborah Wolseley auprès de laquelle il goûte, comme c'est le cas en ce moment, d'agréables moments d'égarement et de répit. Il aime la prendre dans ce grand lit de cuivre. Une couche confortable et conjugale dans l'une des belles maisons de Saint-Louis. Deborah Ann Wolseley est l'épouse de Hamilton Wolseley, négociant de gomme anglais qui s'intéresse plus aux hévéas et, dit-on en ville, aux jeunes porteurs indigènes qu'à elle. Deborah, après en avoir pris son parti, a fini par en prendre ombrage. Et Vénoncourt pour amant. Cela aurait pu n'être qu'un de ces adultères moites des tropiques comme en vivent tant d'hommes et de femmes de Saint-Louis. De ces coucheries où, passé le bref frisson de la transgression, l'aventure confine vite à la routine. Mais ils n'en sont pas là. Elle aime chez l'officier de marine ce mélange de calme et de rugosité, d'attention et de désinvolture. Cette soif de vivre l'instant des gens de passage. Mais aussi sa sérénité rassurante dans la tourmente. Du moins l'imagine-t-elle car, à part le risque modéré d'être surprise au lit en sa compagnie, elle n'a bravé avec lui aucun danger considérable.

Lui est ému par sa beauté à la fois altière et naturelle. Ses cheveux d'un roux très foncé, son beau visage fin et racé, ses yeux sombres aux cils majestueux, la tristesse qui leur sied volontiers, comme la joie simple qui peut les irradier. C'est le cas alors qu'elle joue, pour l'agacer, à poursuivre une conversation parfaitement anodine tandis qu'il la culbute comme une gourgandine. Les chevilles en appui sur les épaules de son amant qui s'active, elle s'efforce de poursuivre dans cette position son récit comme une conversation de salon : « Ceux-là sont arrivés par le désert et ne doivent la vie qu'à... » Les grincements du sommier scandent en rythme son récit : « ... des Maures qui ont eu pitié de... leur sort... » Masquant mal un ton soudain rauque et haletant, elle en est à : « Ceux qui ont connu un sort bien plus terrible encore... Ces malheureux qui par dizaines auraient péri sur un radeau abandonné dont personne n'a retrouvé la trace... », quand le plaisir la saisit.

Sous les draps en désordre, le commandant de

L'Echo dans son vague à l'âme post coitum a une pensée pour les malheureux de ce radeau. Il aimerait en savoir plus sur cette histoire. Des rescapés du désert l'ont évoquée, mais quand il en a parlé à Schmaltz et à ce Chaumareys qui commandait *La Méduse*, l'un et l'autre ont sèchement éludé le sujet. « Billevesées que tout cela », a coupé court le gouverneur. Quant à Chaumareys, il s'est également montré agacé : « Des ragots d'entrepont, des balivernes de matelot, mon ami. Il y a bien eu un radeau, mais c'était pour le fret. Seuls quelques volontaires y ont embarqué. La tempête leur a été fatale mais dans les chaloupes aussi, nous avons perdu des gens. Paix à leur âme, braves soldats ! » Vénoncourt, en posant un baiser sur la nuque douce de Deborah, se promet, pour en avoir le cœur net, d'en parler avec des officiers de *La Méduse*. De toute façon, il en saura plus quand *L'Argus*, commandé par son ami Poinsignon, rejoindra à son tour le Cap-Vert. Le brick, parti récupérer sur l'épave de *La Méduse* l'argent de l'expédition qui n'avait pu être chargé à bord des canots, aura sûrement des nouvelles.

*

Cet argent resté sur *La Méduse*, Schmaltz en a besoin. Dans son idée de s'installer provisoirement sur la presqu'île du Cap-Vert, il envisage, pour loger tout le monde, de louer des maisons sises au cap Bernard. L'endroit est, dit-on, bien abrité. C'est ce que lui a confirmé l'abbé de Saint-Louis, un nommé Charbonnier rencontré chez le négociant Duplantin lors de l'arrivée des rescapés du désert. L'ecclésiastique, qui fait aussi office de notaire et de greffier, dit connaître un propriétaire possédant plusieurs grandes maisons et a proposé sa « sainte entremise » pour la transaction. Schmaltz a rendez-vous avec lui chez le propriétaire. Ce dernier, un certain Mortain originaire de Nantes, est un petit homme d'une cinquantaine d'années. Il habite une vaste maison jaune à l'intérieur de laquelle l'épaisseur des murs et les volets de bois parviennent à maintenir une relative fraîcheur, c'est-à-dire une moiteur supportable. « Je pense que nous allons pouvoir trouver un arrangement très raisonnable. Il y a quatre bâtiments, vous ne paierez le loyer que de deux seulement. Mon régisseur est prévenu et recevra vos gens afin d'établir tous les documents.... » Le crâne dégarni, Eugène Mortain transpire beaucoup dans sa chemise de coutil clair en sirotant de la limonade servie par une jeune négresse. L'abbé acquiesce et fait un signe d'assentiment à Schmaltz qui s'en remet volontiers à lui. Un homme d'Eglise ne saurait abuser de sa confiance et ce Mortain serait peu inspiré de lui faire tort puisqu'il sera bientôt sous son autorité.

Schmaltz manifeste ainsi une certaine naïveté, mais il n'est pas non plus trop volé. Mortain lui loue en guise de maison des locaux qui, jusqu'à la très récente application effective de l'interdiction de la traite par les Anglais, lui servaient à entasser ses esclaves avant expédition. Le négociant d'ailleurs n'a pas perdu tout espoir de s'en resservir quand les Anglais seront repartis. Ceux-là, Mortain les maudit comme Schmaltz, mais pas pour les mêmes raisons. Voilà huit ans qu'ils ont décrété l'interdiction de la traite des esclaves. Il a certes fallu du temps entre le décret et l'application. Las ! avec ce traité de Vienne signé l'année dernière, il sent bien que son activité dans ces contrées tire sur sa fin. Toutefois, la France n'a toujours pas ratifié le traité, ce qui donne à Mortain quelques raisons d'espérer. En 1794, alors que la Convention avait sans ambages aboli l'esclavage et qu'un esclave nègre né à Gorée avait été appelé à siéger à Paris comme représentant de Saint-Domingue, son père Edmond avait poursuivi tranquillement les affaires. Et quand en 1802 Eugène a repris les rênes de la maison Mortain, l'activité familiale, sans jamais avoir cessé, était autorisée de nouveau par Napoléon. En rentrant de l'île d'Elbe l'an dernier, le même a rétabli l'interdiction de la vente et la traite dans les colonies françaises. Mais aujourd'hui, il est à Sainte-Hélène et les Anglais sont sur le départ. Si

Louis XVIII finit par signer le traité de Vienne, Mortain se dit qu'il sera toujours temps, après avoir encaissé les loyers, d'aller voir du côté du Mexique ou des possessions des Pays-Bas où l'on est moins regardant.

Traite ou pas traite, l'abbé Charbonnier perçoit quant à lui près de la moitié du prix du loyer qui, sans être exorbitant, reste assez cher pour des locaux très délabrés. Comme le négociant, l'abbé est avide d'engranger tout ce qu'il peut avant d'être contraint, un jour qu'il sent prochain, d'aller se faire pendre ailleurs. Quant à Schmaltz, en attendant que la France en sa personne puisse faire valoir ses droits, il est assuré avec ces maisons de pouvoir caser sur la terre ferme les passagers de *L'Echo*, ceux de *La Loire* et de *L'Argus*, au plus vite et sans ruiner Sa Majesté.

CHAPITRE XXVI

Les larmes submergent mes paupières brûlées, le brick est là, devant moi. *L'Argus*! Son nom est gravé en grandes lettres dorées à la proue de la coque sombre qui fait de l'ombre au radeau. J'entends les craquements du cabestan, la toile des voiles que l'on cargue et les cris d'encouragement que nous lancent les hommes au bastingage. Je suis incapable de parler, je pleure. Museux, Corréard, Dupont... mes compagnons d'infortune ne parviennent pas non plus à retenir leurs larmes. Nous sommes submergés d'émotion. Corréard s'affaisse sur moi, je le retiens, nous nous étreignons. Ses bras n'ont plus de peau, sa barbe sent la charogne. Je vois le canot que les hommes de *L'Argus* viennent de mettre à l'eau, mais j'ai tant de fois rêvé de ce qui est en train de nous arriver, que j'ai du mal à en vivre pleinement la réalité. Pourtant, tout est bien vrai, l'embarcation s'apprête à nous accoster. Un lieutenant est debout à l'avant, quatre marins l'accompagnent. En découvrant le regard ému et effaré de ces hommes sanglés dans leur uniforme impeccable, le menton rasé de frais et les favoris bien taillés, je prends conscience de notre apparence de loques écorchées. De nos gueules violacées et flétries, ravagées de barbe et de souffrance. De nos yeux caves aux regards inquiétants, de nos corps amaigris, estropiés, brûlés, à demi nus dans nos guenilles putrides. Du cadavre, toujours assis, du mort de ce matin. Du tableau terrifiant que nous offrons à leur vue. « Nous n'avions plus d'espoir de jamais vous trouver... » Ce sont les premiers mots de l'officier qui a sauté sur le radeau, suivi de trois de ses hommes tandis que le quatrième, resté dans le canot, le maintient bord à bord en s'aidant de la drisse que l'un de nous lui a lancée. L'effroi qui se lit dans leurs regards laisse très vite la place à un chaleureux élan d'humanité. Accolades, embrassades, peu de mots, sinon ceux du réconfort et une aide efficace pour nous transférer à bord du canot. En deux enjambées, solidement retenu par un marin, je me retrouve assis sur un des bancs de nage, les pieds au sec sur le caillebotis verni. Dupont et Corréard sont portés à dos d'homme en raison de leurs blessures. Bientôt, outre l'officier et un des marins, il ne reste plus sur le radeau que le cadavre sans nom de notre infortuné compagnon qui a péri le jour où l'on nous sauve la vie. « On ne peut plus rien pour lui, pas de cadavre à bord : risque d'épidémie... » Un salut de l'officier, une prière, vaguement murmurée par le marin, et le corps, lesté à la hâte d'un morceau de chaîne d'ancre, bascule dans l'eau sombre. L'officier remonte à bord, le marin le suit après avoir laissé la drisse du radeau retomber à la mer. En quelques coups d'aviron, la pauvre voile affaissée, le mât de guingois, les barriques crevées et les madriers désassemblés du radeau ont déjà presque disparu derrière la crête des vagues. Est-ce parce que je mesure à quel point la chance que nous avons eue d'être repérés relève du miracle ? Ou est-ce seulement de voir ainsi s'éloigner ce qui fut à la fois une embarcation pour l'enfer et notre planche de salut ? Mes yeux à nouveau s'embuent.

*

« Je suis formel, Monsieur : des morceaux de cette viande étaient accrochés aux cordages qui servaient de haubans au mât de fortune du radeau. Des reliefs de même nature étaient éparpillés sur l'embarcation de ces malheureux dont certains ont aussi bu de l'urine. A part cette chair humaine, ils n'avaient que du vin pour se sustenter. Il leur en restait l'équivalent de plusieurs flacons quand nous les avons recueillis... » Le lieutenant Lemaigre qui commandait le canot qui a ramené à bord les naufragés est au rapport dans la cabine de Parnajon. D'une plume d'oie cursive, le commandant de *L'Argus* prend des notes pour rédiger une lettre au gouverneur Schmaltz à la date du 17 juillet 1816. Avec les quinze rescapés de *La Méduse*, il a remis le cap sur Saint-Louis. Plus question de continuer sa route vers l'épave. Voilà huit jours, il a déjà aperçu sur la côte du désert près de cent hommes rescapés d'un canot qui faisaient route à pied vers Saint-Louis. En s'approchant le plus possible, il a réussi à leur faire parvenir des biscuits et de la poudre. Des Maures qui leur servaient de guides les ont aidés à les récupérer. Il n'a désormais plus assez de vivres et d'eau pour aller jusqu'au banc d'Arguin. Et l'état des hommes du radeau nécessite des soins autres que ceux que le chirurgien du bord est en mesure de leur prodiguer. Tous sont très faibles et plusieurs semblent atteints d'une forme assez furieuse de folie. L'équipage a eu grand mal à empêcher un officier de terre très agité de se jeter à la mer pour y retrouver sa montre. Il a fallu le ligoter à l'affût d'un canon. Trois autres, en dépit des strictes consignes du médecin les invitant à se réalimenter progressivement avec des soupes claires et de l'eau sucrée, se sont jetés sans retenue sur les nourritures les plus consistantes. Et l'on craint une issue fatale pour deux d'entre eux. Il est près de

5 heures et demie, un fumet de volaille rôtie envahit lentement les coursives de *L'Argus*. L'odeur est appétissante mais sans le formuler Lemaigre et Parnajon sont pris du même dégoût. L'un repense aux lambeaux de chair, l'autre à la froide description que son subordonné vient de lui en faire.

*

J'ai la gorge comme de la toile d'émeri et une soif inextinguible. J'ai dormi d'un sommeil pesant et douloureux, peuplé de mauvais rêves. J'étais encore sur le radeau et *L'Argus* avait disparu. J'ai très mal au dos. Il fait sombre, je me sens coincé dans une espèce de toile dont j'ai grand mal à m'extraire. « Du calme mon collègue ! Tu vas te rompre les os ! » L'accent est du Sud-Ouest, mais la voix ne me dit rien. Ça sent la soupe : « Sénéchal, médecin à bord de *L'Argus*, bois, c'est du bouillon, va doucement ! » On m'aide à porter un quart de métal à mes lèvres. Je bois trop vite, le liquide tiède ruisselle sur mon cou. Il me faut du temps pour comprendre que je suis dans un hamac, que l'homme qui me parle est celui qui nous a examinés quand nous avons été recueillis. Il m'appelle collègue parce que je lui ai dit que j'étais chirurgien : « J'ai dormi longtemps ?

— Une quinzaine d'heures, pas plus, nous sommes à l'ancre devant Saint-Louis ! »

Par bribes, les souvenirs me reviennent : le radeau, le brick, le canot, la liesse à notre arrivée, la joie des hommes à bord, trop de bruit, les officiers, le commandant... Dorangeon ? Baranjon ? Un nom en jon... trop de questions... J'ai mal à la tête, je sens une plaie sur le côté de mon front.

Il m'aide à m'extraire du hamac. « Tu as perdu connaissance, tu es tombé... Ce n'est rien, juste une écorchure. Accroche-toi à moi et voyons si tu tiens debout ! » En me soutenant, il me guide dans la pénombre de la batterie jusqu'à l'échelle qui conduit au pont principal. La lumière blanche du ciel africain à la mauvaise saison m'agresse et m'éblouit un instant. Voir Saint-Louis et la terre du haut d'un bastingage au lieu de la mer sans fin et d'un ciel vide au ras des flots m'apparaît comme un pur enchantement.

Il y a beaucoup de monde sur le pont. Des officiers, des matelots, le commandant est là aussi. Un homme me regarde en souriant. Son visage rouge me dit quelque chose, sans doute l'ai-je croisé à Rochefort : son front a le teint de la brique et son menton est entaillé de plusieurs coupures. Il est vêtu d'une vareuse de marin trop grande pour lui. En remarquant les bandages qui recouvrent ses avant-bras, j'éclate d'un grand rire, c'est lui. C'est Corréard sans barbe. « Avoue que tu ne m'avais pas reconnu, salopard ! » Je me passe instinctivement la main sur le menton, ma barbe est toujours là. J'en suis rasséréné. Je ne sais pas pourquoi, mais la tailler maintenant, ce serait m'amputer.

*

« Monsieur, je me réjouis du sauvetage des quinze du radeau pour qui je fais immédiatement affréter une embarcation appropriée afin de les conduire au plus vite à Saint-Louis. Voici par retour du canot quelques victuailles susceptibles de leur donner des forces pour patienter.

Bien à vous.

Le Commandant pour le roi et administrateur du Sénégal et dépendances.

Julien D. Schmaltz »

Six poulets, une caisse de son meilleur vin, une autre de biscuits et du pain... Schmaltz a remis à l'officier de *L'Argus* venu lui annoncer l'arrivée des rescapés devant Saint-Louis, ces vivres et cette courte missive adressée à Parnajon le commandant du brick. Schmaltz est évidemment moins « réjoui » qu'il ne l'écrit, mais il peut difficilement laisser transparaître l'inquiétude diffuse qui l'assaille. L'incroyable nouvelle est arrivée très vite à l'oreille des Anglais. Elle se répand déjà dans la ville. Du coup, Schmaltz qui n'est guère expansif, en rajoute dans la joie qu'il affiche face à ce « miracle ». Il répète ce que lui a dit l'officier de

L'Argus : « Le brick faisait son dernier passage quand il les a trouvés, c'était inespéré ! » Imprévu serait, dans son cas, un mot plus approprié. Car en envoyant Parnajon sur l'épave de *La Méduse*, Schmaltz n'imaginait pas un instant que le commandant de *L'Argus* croiserait le radeau. S'il lui avait fait longer la côte dans l'espoir de repérer les rescapés ayant choisi la voie du désert, le radeau était pour lui une affaire regrettable certes, mais classée. L'arrivée imminente de ces quinze survivants sur les cent quarante-sept hommes embarqués n'est pas pour simplifier ses affaires déjà bien compliquées.

*

Je suis fasciné par l'efficacité des pagayeurs qui nous amènent vers le port pour être conduits à l'hôpital de Saint-Louis. Notre embarcation est une sorte de longue pinasse à la proue très pointue. Je n'en avais jamais vu de telles auparavant. Ce bateau local, du même bois dur et foncé que les pirogues, fend le flot avec la précision d'une lame. Un nommé Kikou, homme à la peau très noire et à la musculature d'une grande robustesse le dirige. Il parle un peu l'anglais et le français et il est très expert en navigation. Nous avons franchi sans la moindre difficulté la longue vague pourtant réputée rétive qui barre l'entrée du chenal. Nos accompagnateurs nous ont installés du mieux possible et sont très prévenants. Je me demande si ces très civilisés « sauvages » savent qu'ils transportent des blancs anthropophages.

CHAPITRE XXVII

« Messieurs, ma voix s'étrangle pour vous dire l'émotion de retrouver en vous des compagnons dont nous avions déjà pleuré la perte, des hommes courageux que la mer nous avait pris et qu'elle nous a rendus. Vous avez souffert, certes. Plus de cent trente hommes de ce radeau n'ont pas survécu à cette horrible épreuve, mais sachez que, comme nous qui représentons sur cette terre d'Afrique Sa Majesté le roi de France, ils seraient... fiers de vous. » Plus il parle, plus Schmaltz reprend confiance. Il sent qu'il pourrait tenir des heures cet auditoire de grabataires qui l'observent de leurs yeux chassieux. Une odeur d'éther et de pieds flotte dans cet hôpital des Anglais. Un bien grand mot pour des bâtiments aux murs jaunasses tout bouffés des moisissures noires de la saison humide. Lits de fer à la peinture blanche écaillée, paillasses très rudimentaires et infirmiers indigènes. Le gouverneur était déjà ici voilà quelques jours, avec le même aréopage d'officiers, pour servir aux rescapés de *La Méduse* venus par le désert un discours à peu près similaire. Mais s'il en rajoute aujourd'hui dans les envolées, c'est que les rescapés du radeau, comparés à ceux du désert dont certains restent encore alités dans un dortoir contigu, sont dans un état bien plus pitoyable. Un état dont il craint d'être rendu responsable. Alors il chantourne ses mots, il glose et s'en gargarise avec de plus en plus d'emphase. Il lui faut s'assurer que ces hommes revenus de l'enfer ne vont pas lui reprocher l'abandon du radeau. Ne pas leur laisser le temps de parler : flagornerie à volonté !

Schmaltz tire de sa poche la liste des noms qu'a établie pour lui Parnajon et il poursuit : « Oui vous, lieutenant Dupont, oui vous ingénieur Corréard, vous, aide chirurgien Savigny, sous-lieutenant Lozach, matelot Coste... Vous qui au-delà de vos grades et de vos fonctions avez par votre ténacité bravé la mort, et tenu bon... Sachez que je ferai tout ce qui est en mon pouvoir pour que votre séjour en ces murs vous fasse promptement oublier les souffrances que vous avez endurées... Ne dites rien, c'est moi qui vous dis merci. Merci d'être parmi nous, merci d'être en vie ! » Et si cela ne suffit pas, il sera toujours temps d'user d'autres arguments. De rappeler à ces survivants les actes auxquels ils se sont livrés pour survivre. Il connaît à la virgule près la description brève mais éloquente du rapport du commandant de *L'Argus* : « Ceux que j'ai sauvés s'étaient nourris de chair humaine depuis plusieurs jours et, au moment où je les ai trouvés, les cordes qui servaient d'étais étaient pleines de morceaux de cette viande qu'ils avaient mis à sécher. » S'il le faut, il saura s'en servir.

Au premier rang, Chaumareys, à qui la touffeur africaine donne le teint d'une aubergine en cours de mûrissement, hoche du chef ostensiblement. Lui aussi a quelques raisons de redouter la réaction des quinze rescapés. Mais ils sont dans une telle faiblesse et un tel égarement, qu'ils ont d'autres priorités que celle de trouver des responsables à leur malheur. Et quand bien même pareille idée leur viendrait, Chaumareys sait comme Schmaltz qu'il serait facilement envisageable de mettre ce comportement offensif sur le compte des accès de démence dont plusieurs ont souffert. Deux d'entre eux doivent être maintenus dans leur lit par des sangles, et tous ont le regard plus ou moins inquiétant. Ne faut-il pas d'ailleurs avoir perdu le sens commun pour s'entretuer comme ils l'ont fait sur le radeau ? Ne faut-il pas être atteint de grande folie pour se nourrir de cadavre humain ? Ne faut-il pas être exalté pour accuser ses supérieurs d'abandon alors qu'on s'est soi-même laissé aller aux pires extrémités ?

Les effets conjugués du lyrisme de Schmaltz et de la bouteille de sherry que Chaumareys a vidée en compagnie d'un officier anglais avant de venir, mettent le vieux commandant de *La Méduse* dans cet état de semi-euphorie affectueuse et satisfaite. Il est passé de la crainte de ces naufragés vindicatifs et excités à une baveuse compassion pour ces hommes qui ont perdu la tête alors que lui estime ne pas avoir perdu la face.

L'un des alités a vomi sur sa couverture. Il a le front couvert de sueur et des débris alimentaires dans la barbe. La pestilence est palpable et difficile à supporter. Le rescapé, qui n'a pas l'air très âgé, essaye de parler mais seul son œsophage s'exprime. Un infirmier sénégalais en tablier essuie la bouche du malade avec un linge humide. Schmaltz ne sait pas mettre l'un des noms de sa liste sur le visage ravagé de celui dont le corps est secoué de spasmes. Du coin de l'œil, il observe Reine, son épouse qui détourne la tête et en profite pour donner discrètement le signal de la fin de la visite. En ce 19 juillet 1816, il a beaucoup à faire.

*

Les persiennes ont beau être tirées et les fenêtres ouvertes pour ménager un courant d'air, la température est très lourde dans la grande chambre que le négociant Durocroit a attribuée à Schmaltz pour en faire son bureau. Le principal négoce de Durocroit est le même que celui de son concurrent et ami Mortain : la traite. Mais il s'occupe aussi de gomme. Et veille surtout, depuis plus de dix jours, au confort du futur gouverneur auquel il a ouvert sa maison, mais aussi son coffre-fort en attendant que l'argent resté sur l'épave de *La Méduse* soit récupéré. Chez les Durocroit, on répète de père en fils que dans les affaires, quand on veut durer, on se fait rarement de tort en aidant l'autorité.

Cependant Schmaltz, ce matin, n'a pas besoin d'aide. En lettres anglaises et d'une plume soignée, il rédige à l'intention du ministre de la Marine son rapport sur le « naufrage de la frégate de S.M. *La Méduse* ». Demain il devra aussi rédiger pour la division des colonies, le décompte des rescapés : « A l'époque du 21 juillet 1816. » Le gouverneur met à sa prose le même soin qu'à sa glose car, là aussi, il sait que l'affaire pourrait lui valoir quelques ennuis.

Pas question de beaux discours. Au contraire, l'économie des mots doit pallier la magie du verbe. Il s'agit d'évoquer la catastrophe sans tomber dans le catastrophisme. L'administrateur du Sénégal et dépendances sait que, pour faire le moins de vagues possible au ministère, il lui faut être ni trop court, ni trop clair. Exposer l'anodin, avec force détails et éluder les faits graves d'une formule lapidaire coincée entre deux banalités. Schmaltz estime que jusque-là il ne s'est pas trop mal débrouillé dans la pratique de l'art dilatoire. La lettre presque terminée est là devant lui, sur le grand bureau d'acacia marqueté dont le maroquin desséché se décolle dans les coins. Schmaltz la relit et, à voir son visage, il n'est pas mécontent de ce qu'il a écrit. L'accident tient sur trois lignes : « Le 2 juillet à 3 heures et demie de l'après-midi la frégate de Sa Majesté *La Méduse* a touché le banc d'Arguin par 19° 55' de latitude nord et 19° 24' de longitude ouest. » Un rapport circonstancié sans un mot sur les circonstances !

Quant au radeau, Schmaltz s'en tient à rappeler que « la frégate était crevée et hors d'état d'être remise à flot » et que « la mer grossissait à chaque moment davantage ». Il ne peut faire plus concis : « En conséquence on distribua l'équipage, les troupes et les passagers, partie sur un radeau construit à cet effet et le reste dans six embarcations destinées à le remorquer. » Reste à expliquer ce qui s'est passé quand « lorsque vers 11 heures, la remorque du radeau cassa ». Et surtout juste après. Là, Schmaltz a peiné sur la formule mais, à la relecture, il la trouve imparable : « En s'en rapprochant pour la reprendre, on s'exposait à ce que les malheureux qu'il portait se jetassent en foule dans les embarcations déjà surchargées et qui auraient été inévitablement submergées sans pouvoir contribuer au salut des hommes qu'on aurait été tenté de secourir. » Il en est arrêté à cette ligne et cela fait plus de trois quarts d'heure qu'il cale sur la conclusion. Il triture sa plume dans l'encrier, il rature une autre feuille, se lance dans des justifications qu'il sent bien trop sentencieuses sur le vent, les courants, le jusant... Il voudrait ciseler une formule sans appel pour justifier l'abandon du radeau. Quelque chose qui allie le « choix douloureux mais nécessaire » et « le malheur des uns pour le bonheur des autres » ou « l'intérêt général et l'intérêt particulier »... L'idée est là, mais la phrase ne vient pas. Et puis soudain sa bouche aux lèvres pincées s'anime d'un infime rictus de satisfaction. Il a trouvé. Sans même avoir à répéter le mot radeau, il écrit : « On se vit donc dans la nécessité de l'abandonner pour éviter une perte générale. » Un coup de buvard, c'est sec !

Le plus dur est rédigé. La suite vient au fil de la plume et les chiffres une page plus loin. Ceux du radeau en dernier : « Quinze hommes qui ont été trouvés existant encore sur les cent quarante-sept malheureux placés sur le radeau qui ont été ramenés hier par Monsieur de Parnajon dont j'ai l'honneur d'adresser le rapport affligeant à votre Excellence... » Pas question d'évoquer directement ces affaires de chair humaine ! Parnajon fait cela très bien. Schmaltz, en y pensant, salue en tête de la page suivante, le « zèle » du commandant de *L'Argus*. Tant qu'il est dans les compliments, il va même jusqu'à vanter sur sa lancée, la qualité des « efforts de Monsieur de Chaumareys » pour le seconder. D'une plume désormais alerte, il évoque en quelques pages ses difficultés avec Brereton pour la remise des établissements d'Afrique et l'installation provisoire des hommes valides au Cap-Vert. Il s'accorde une gorgée de limonade tiède avant les formules d'usage : « J'ai l'honneur d'être avec le plus profond respect, Monseigneur, de Votre Excellence le très humble et très obéissant serviteur. » Et de la même écriture régulière et penchée, le commandant du Sénégal et dépendances signe « Julien Schmaltz » en songeant qu'il lui faudra montrer sa lettre à Chaumareys. Le commandant de *La Méduse* doit aussi envoyer un rapport et il vaudrait mieux qu'il ne donne pas des événements un récit trop différent du sien, ou trop exalté par le vin blanc. Mais il a le temps. La lettre sera acheminée par le premier bateau pour la France et il faudra attendre plus d'une semaine avant qu'il ne puisse prendre la mer. C'est *L'Echo* qui appareillera pour Brest, mais depuis le 14 juillet, il est parti pour le Cap-Vert.

Malgré l'épaisse moiteur de l'air et la pesanteur de ses contrariétés, Julien Désiré Schmaltz se sent bien. Soulagé. Comme si l'achèvement de son rapport avait eu sur lui des vertus apaisantes. Comme s'il avait trouvé la réponse aux troubles questions de ses insomnies. De ces heures d'introspection poisseuses qui le ramènent toujours au radeau qui s'éloigne. Qui le forcent à se raccrocher à son bon droit, à s'abriter derrière son devoir, à se persuader qu'il n'a rien à se reprocher... A finir par se demander si c'est vraiment le cas.

Il ne se pose plus la question, il y a répondu noir sur blanc. Et si les quinze revenants de ce cauchemar la lui posent, il leur fera la même réponse : la « nécessité » et le souci « d'éviter une perte générale ». Deux arguments qu'ils devraient être à même de comprendre. Et trouver recevables, puisque ce sont aussi ceux qui les ont conduits à manger la chair de leurs semblables.

CHAPITRE XXVIII

Les grosses gouttes de pluie tiède cognent sur les feuilles en semi-putréfaction du bananier que j'entrevois de mon grabat. Ces averses ne rafraîchissent guère l'atmosphère, elles l'alourdissent du poids de leur insane humidité. Huit jours déjà que je suis là, dans ce qu'ils appellent « l'Hospital ». En dépit de son nom anglais, c'est l'équivalent sanitaire d'une auberge espagnole : on y reçoit les soins qu'on y apporte. Et à cet effet, ma qualité de chirurgien, même si je ne suis guère au fait des fièvres tropicales, est plus appréciée que ma condition de patient. Malade-médecin, je souffre et me soigne. Je veille aussi sur mes congénères dont plusieurs, en plus de leurs maux, ont contracté la dysenterie. Nos premiers visiteurs ont été Schmaltz et Chaumareys. Les responsables de tous nos malheurs nous ont, une nouvelle fois, bien abusés. Le gouverneur et le commandant nous ont réservé un accueil de héros en présence de nombreux passagers de *La Méduse* et même des Anglais, qui semblaient émus aux larmes par notre odyssée. Cette compassion, à laquelle après tant de dureté nous ne sommes pas restés insensibles, ajoutée à notre santé déficiente, ne nous a pas incités à l'esclandre. J'en ai d'abord ressenti une grande frustration. Ne rien dire après tous mes serments sur le radeau, mes promesses répétées de survivre afin que soient punis ceux qui nous ont délibérément abandonnés... Je me suis traité de hâbleur et de lâche, de misérable va-de-la-gueule que l'on fait taire avec trois flatteries et deux cuisses de poulet... En écoutant le discours du gouverneur, j'ai vomi plus par dégoût de moi-même que de lui. Mais j'ai aussi mesuré dans quel état de délabrement physique et mental nous étions.

Quand j'ai revu pour la première fois mon visage dans un miroir, mes joues creusées sous la barbe, mes cils brûlés, mes yeux enchâssés de cernes sombres et injectés de sang, mes cheveux comme de la paille, je me suis fait peur. J'ai repris depuis figure plus humaine, et j'ose espérer que ma raison n'a pas été aussi marquée que mes traits. Mais plusieurs de mes camarades ont encore des moments d'absence. L'un d'eux, devenu sourd, paraît avoir sombré dans un état d'idiotisme dont il ne revient toujours pas. Pour ma part, je suis sujet à des accès de forte fièvre et de grande excitation qui me réveillent chaque nuit avec l'illusion d'être encore sur le radeau. Moi qui étais d'humeur plutôt égale, il m'arrive d'avoir des accès d'extrême susceptibilité. La moindre contrariété peut soudain m'irriter et me faire tenir des propos qui dépassent de loin ma pensée. J'ai ainsi malmené et agoni d'injures un brave mais ennuyeux fonctionnaire rencontré sur *La Méduse*, un certain Picard que j'avais oublié depuis le naufrage. Las ! Sous prétexte d'écouter le récit de notre odyssée, il m'a surtout entretenu pendant des heures de son évacuation sans encombre en canot, des excellentes relations qu'il entretient avec la femme du gouverneur, et du curé-notaire-greffier qu'il tarde à remplacer. Ce qui a fini par provoquer de ma part quelques signes d'impatience et plusieurs mots de trop avant qu'il ne se décide à prendre enfin congé. J'ai appris depuis que, vexé, l'éconduit s'est vengé en daubant sur mon compte. Ce n'est guère difficile vu le mélange d'effroi et de curiosité que mes compagnons d'infortune et moi-même suscitons à Saint-Louis. Au fur et à mesure qu'enfle la rumeur sur les moyens de notre survie, nous sommes passés du statut de héros à celui de bêtes curieuses. On nous observe avec un sentiment mêlé d'horreur et de pitié.

Sophie Diebo, la plaisante femme de chambre

sénégalaise de l'épouse du gouverneur, me visite régulièrement. C'est elle qui m'a ainsi rapporté que Picard cancane auprès de sa maîtresse des « sales vilenies ». Il dit que sur le radeau « nous étions portés à des pratiques abjectes lorsque la nécessité absolue ne nous y obligeait pas encore ». A l'en croire, il ajoute aussi que « deux ou trois lieutenants » et moi, nous nous sommes « conduits comme de vrais brigands ». Mais il concède tout de même, ce qui a un peu rassuré l'aimable Sophie, que si « nous nous entre-égorgions pour nous nourrir de la chair de nos semblables » c'est que « nous étions tous en état de démence ». D'autres en ville racontent que nous avons été découverts « les mains et la bouche dégouttantes encore du sang des malheureuses victimes ». Et qu'importe que nous soyons tous cloués à nos paillasses dans ce dispensaire... On dit aussi que l'un de nous, invité à la table d'un négociant de Saint-Louis, a déclaré alors qu'on lui servait des abats de porcelet, que cela ne valait pas le « foie cru arraché d'un homme expirant sur le radeau ». Rien de moins !

Mais je n'en veux pas plus à ces ragotins de leurs enjolivures, qu'à ce fat de Picard de déformer une vérité que, par chance, il n'a pas eu à connaître. En agissant de la sorte, il m'a persuadé de l'urgence de rédiger un rapport clair et précis de notre terrible épopée.

Je m'y suis attelé en m'efforçant de m'en tenir aux faits. Il ne m'est certes pas facile, compte tenu de la brutalité des jours que nous avons endurés, d'écarter tout jugement subjectif, mais je veille, autant que je le peux, à maintenir mon récit à l'abri de la partialité. Cet exercice m'aide à retrouver, sinon la sérénité, du moins une forme d'apaisement. Prendre quelque recul par rapport à notre drame pour en établir la chronique est pour moi une façon de m'en échapper. Même si ce travail m'oblige à revivre chaque jour des épisodes que j'aimerais oublier. J'ai déjà noirci près de vingt pages, j'essaye de ne rien omettre. Ecrire est aussi, quand je me réveille la nuit, un moyen de rendre moins pénibles les heures d'insomnie. De m'éloigner des râles et ronflements de mes compagnons et de l'irritante litanie des gros moustiques qui ne s'interrompt que quand ils vous piquent. Pour ne gêner personne, je m'installe sur une petite table dans une case en paille de sorgho réservée aux infirmiers. Je travaille à la lueur d'une lampe à pétrole que Sophie Diebo m'a procurée. Depuis que son mari est parti pour le Cap-Vert, elle vient plus souvent. Hier, en la voyant vêtue d'une simple robe de cotonnade écrue, j'ai pour la première fois depuis notre sauvetage ressenti la raideur du désir. « Guerrier blessé qui ramasse sa lance, c'est que la mort n'a pas voulu de lui », m'a-t-elle dit en riant et en s'offrant, penchée sur le bureau. J'ai effectivement eu le sentiment de revenir à la vie.

« Savigny, toi qui as des relations ici, fais un geste pour ton ami ! Demande à ta négresse ou aux Anglais d'ici qu'on me donne une paillasse moins pourrie que cette vieille couverture qui sent le pissat et me sert de matelas ! » Corréard est mon voisin de lit. Je ne saurais dire s'il est mon ami. Je me prends parfois à douter que l'amitié soit possible avec aucun de ceux aux côtés desquels j'ai vécu ces affreux moments. Certes, nous sommes liés par le sort qui nous a jetés sur le même bateau, on parle de nous comme d'un bloc soudé, les « rescapés du radeau » mais ici comme à bord, c'est chacun pour sa peau. La solidarité de l'horreur est affaire d'intérêt, pas de cœur. C'est un peu comme si on disait à de jeunes époux : « Vous voilà unis pour le pire » et qu'il n'y ait pas de meilleur ! J'espère me tromper. Pas seulement pour Corréard, mais d'abord pour Museux, qui m'a sauvé la vie et pour lequel j'aimerais éprouver moins de reconnaissance et plus d'amitié. Je n'en ai parlé à aucun des deux ni d'ailleurs à quiconque. Nous bavardons souvent mais plus de notre lot commun que des choses de l'esprit. Corréard râle sans cesse. Ses plaies tardent à cicatriser. J'ai un instant redouté pour lui la gangrène. Mais il est de solide constitution. Museux aussi. C'est celui d'entre nous qui est le plus vaillant. Au bout de deux jours, il était sur pied. Un bandage au poignet et quelques estafilades dues au rasage de sa barbe drue et à la maladresse de l'infirmier sénégalais qui s'est chargé de l'opération sont les seules séquelles apparentes qu'il conserve de notre errance. Comme nous tous, rasé, il a aussi les joues plus claires que les tempes et le front. Il a perdu du poids, mais déborde d'énergie. Il tourne en rond, il tue le temps et attrape de grosses araignées qu'il range dans une boîte en fer : « J'en ai dix dont une qu'est grosse comme un p'tit rat. » Il a hâte de partir pour le Cap-Vert. Il souhaite rejoindre les rangs bien clairsemés de la troupe qui a déjà pris ses quartiers là-bas. En dépit de ses demandes répétées de reprendre au plus tôt du service, dont une lettre écrite par mes soins, ses supérieurs paraissent peu pressés.

Pour ma part, on m'a annoncé voilà moins d'une heure la visite du chirurgien-major Follet, de qui je dépends, et je l'attends. Follet est déjà dans les murs. Il s'entretient avec son homologue anglais, le *surgeon* Barth. Ils entrent. Barth lui montre du doigt mon lit et Follet s'avance seul. La présence de cet homme ventripotent dans cette salle où nous sommes tous d'une grande maigreur ne passe pas inaperçue, mais personne n'émet de commentaire. Follet souffle et sue, cependant c'est avec un sourire engageant qu'il me salue : « Alors, mon jeune confrère, on dirait qu'on se requinque vite. Tenez, des dames de Saint-Louis m'ont donné ça pour vous », dit-il en me tendant du biscuit et ce qui ressemble à un pot de confiture. « Enfin, je ne suis pas venu pour vous porter des sucreries mais pour vous annoncer une nouvelle d'importance : vous êtes rapatrié, mon vieux ! Et moi aussi d'ailleurs. Nous serons quarante-cinq de *La Méduse*, à embarquer pour la France à bord de *L'Echo* sous les ordres du capitaine de Vénoncourt. La corvette lèvera l'ancre après-demain 29 juillet, il vous reste deux jours à tirer ! On vous apportera de quoi vous vêtir, le gouverneur y a veillé. Une voiture viendra vous chercher le matin du départ. Maintenant je vous laisse, j'ai à faire avant d'embarquer, et à bord nous aurons tout le temps de converser. A cette saison, Vénoncourt me l'a dit, de Saint-Louis à Brest, c'est au minimum un mois de traversée. » Il me tend une main ferme mais moite et repart de son pas lourd et lent en haletant. Avec ma confiture et mon biscuit posés sur mon lit, je ne sais que dire ni penser. Corréard et Museux, auxquels aucun mot de Follet n'a échappé, le font à ma place. « Ne t'en fais pas pour moi, Savigny, dès que tu seras parti, je prendrai ton lit. Allez, fêtons ça », lance Corréard d'un ton rigolard. « Moi, je ne suis pas encore assez robuste pour refaire la traversée, j'attendrai la prochaine fournée... C'est l'affaire de deux mois, pas plus. De toute façon, il paraît que, dès qu'on sera sur pied, tous ceux du radeau, on est bons pour rentrer... »

La bonne grosse tête de Museux prend son air contrarié. « Mais moi, j'ai pas fait tout euce chemin, pas risqué mille fois d'attraper la mort pour m'en r'tourner comme ça sans avoir rin vu d'aut' du Sénégal qu'euce t'hôpital en terre glaise qui sent l'écurie... J'vas te r'gretter, Savigny, mais j'veux pas m'en r'tourner eud' si tôt ! » Je ne suis pas certain non plus d'avoir envie de remonter si vite à bord d'un bateau.

CHAPITRE XXIX

5 septembre 1816. Le temps est toujours à la pluie. Les rues de Saint-Louis sont pleines de boue et de dysenterie. Le gouverneur Schmaltz se montre de piètre humeur. Il est excédé par les prétextes et les justifications de Brereton et de ses amis négociants en gomme. Son prédécesseur anglais, toujours aussi miel et fiel, l'a convié à venir visiter sa collection d'animaux sauvages naturalisés : un anaconda dans le formol et un pangolin empaillé. Il lui a offert du vin doux et en a profité pour faire mine de s'inquiéter de ce que les ordres tardent à venir de Sierra Leone.

Comme si Schmaltz ne savait pas que ce foutu bateau parti chercher les ordres de McCarthy à Freetown n'est toujours pas rentré et que Brereton et ses amis s'obstinent à retarder l'heure de la rétrocession. S'ils croient le décourager, ils se trompent. Et si les pluies pourrissent tout, même la situation, elles n'entament pas la détermination de Julien Désiré Schmaltz. Il ne renoncera pas à sa mission. S'il faut, après Freetown, intervenir jusqu'à Londres pour obtenir l'application des accords, il s'y résoudra.

Il en a déjà informé son ministre et mais s'est gardé de mentionner les autres contrariétés qui l'assaillent. Ainsi le bateau du lieutenant Reynaud qu'il a envoyé sur le banc d'Arguin après Parnajon a fait chou blanc ou presque. Après six jours de mer pour atteindre l'épave en partie disloquée de la frégate, il n'a retrouvé que trois survivants parmi les dix-sept qui avaient choisi d'y rester. Les autres ont péri en tentant de gagner la terre avec des moyens trop rudimentaires. Il y a certes lieu de se féliciter de pouvoir ajouter trois noms à la liste des rescapés. Mais l'essentiel de la mission de Reynaud était de récupérer l'argent de l'expédition et il a échoué. S'il a rapporté des denrées, des effets et du matériel scientifique à Saint-Louis, les 10 000 francs or n'ont pu être récupérés au fond de la frégate en trop mauvais état dans le gros temps. « J'ai moi-même plongé et me suis convaincu qu'il est impossible de sauver l'argent », a écrit Reynaud dans son rapport. Schmaltz va devoir en informer son ministre incessamment. Perdre à la fois une frégate et l'argent du roi, on connaît plus réjouissant.

*

Mais plus grave aussi. C'est du moins ce que l'épouse du gouverneur pense de son propre sort. Reine Schmaltz n'a ni le temps ni l'énergie de plaindre son mari. Elle a trop à faire avec ses céphalées, cette maison où elle n'est pas chez elle, et ce climat malsain qui lui donne un teint de poire blette. Ici, elle « dépérit », répète-t-elle. Sa femme de chambre acquiesce. Sophie Diebo songe moins à son mari qui est au Cap-Vert qu'au docteur Savigny. Près d'un mois et demi qu'il est reparti. Est-il à Brest ou déjà à Paris ? Est-ce un nouveau péché mortel de penser si souvent à lui ?

A tout hasard, elle ira ce soir se confesser chez le curé blanc, le gouverneur le connaît, il s'appelle l'abbé Charbonnier.

*

Deborah Wolseley pense, elle aussi, à la France, et plus précisément à Monsieur de Vénoncourt. Le capitaine de frégate qui ne va pas tarder à en aborder les côtes aux commandes du bateau qui ramène aussi le docteur Savigny. Elle aurait pu accompagner son officier, elle a choisi de le regarder partir. Elle le regrette. Le ciel était clair quand pour la dernière fois il l'a saluée. Elle a eu le temps de mesurer son erreur, la goélette est restée visible plusieurs heures avant de disparaître de l'horizon. Deborah pensait aller aux devants des tracas si elle quittait ainsi son mari. Elle est restée et c'est l'ennui qui, comme avant, a réinvesti sa vie.

*

Museux est au Cap-Vert et il ne s'ennuie plus. Il a obtenu de quitter l'humidité de l'Hospital pour celle du camp. D'abord affecté à la garde des vivres en raison de son gabarit dissuasif pour les voleurs, le natif de Lamotte-Beuvron a excipé de compétences en matière d'agriculture qui n'ont pas échappé aux botanistes de l'expédition. Il a été réquisitionné par l'équipe des agronomes dont les membres apprécient l'efficacité avec laquelle le gros caporal sait mener les indigènes pour labourer la terre et creuser le sillon. Il a, pour sa part, ensemencé seul une petite parcelle à l'aide d'un sac de graines de betteraves blanches de Silésie qu'il a trouvé et en lequel il fonde de grands espoirs ainsi formulés : « Comme dans euce' te terre tout pousse, ça va bin finir par donner ! » Dans sa poche, il a la montre-gousset que lui a donnée « l'gars Savigny » avant de partir : « Je n'ai pas grand-chose à t'offrir mais si je te donne la montre de mon père c'est que je n'oublierai jamais que tu as toujours été là à temps. Elle a pris l'eau, mais elle est en or, tu feras comme tu l'entends, tu la gardes ou tu la vends... »

*

Corréard, lui, cultive ses relations. Il est toujours à l'hôpital. L'humidité le mine, les moustiques l'attaquent mais il va mieux. Et s'il ne mâche pas ses mots à l'égard des autorités, il s'active beaucoup à faire valoir ses droits de rescapé. Il a ainsi obtenu successivement, outre le lit de Savigny, des effets qui lui permettent de se vêtir correctement, des repas dignes de ce nom, du vin plutôt que de l'eau saumâtre et l'assurance d'être prochainement rapatrié dans de bonnes conditions à bord de *La Loire*. En attendant, il n'a pas son pareil pour morigéner dès le réveil « ce criminel arrogant et vineux de Chaumareys ! ». Et s'insurge à grandes tirades sans le moindre respect du sommeil de ses camarades : « Qu'on ait l'indécence et la folie de laisser ce sot, plus mortel que la fièvre putride, continuer à donner des ordres aux gens de l'expédition du Cap-Vert ! »

*

Au Cap-Vert, justement, Hugues de Chaumareys n'entend pas ces attaques mais, s'il écoutait, il pourrait noter que les hommes qu'il est censé commander tiennent à son encontre des propos guère mieux intentionnés. Il voit bien que la discipline du corps expéditionnaire est relâchée. Mais dans l'appentis plein de moisissure où sont établis ses quartiers, il a des préoccupations plus sérieuses que de mesurer son autorité. Ce que pense de lui cette armée de loqueteux mal embouchés importe peu au neveu de l'amiral d'Orvilliers. Ce qu'il redoute c'est d'être atteint par une de ces fièvres tropicales qui ont déjà conduit plusieurs hommes au fond d'un trou creusé dans la boue avec un peu de chaux vive en guise de cercueil et, pour toutes funérailles, une croix de bois mal équarrie et trois mots d'oraison sous la pluie. Chaumareys craint comme la peste bubonique cette saloperie de dysenterie des tropiques. Afin d'éviter d'être contaminé, il s'efforce de croiser le moins possible les gens du camp. Il reste retranché dans son gourbi et, pour tuer les miasmes et le temps, il boit. Du vin de Madère au goulot, du sherry anglais, et même depuis quelques jours, du vin de palme que des nègres lui ont donné. Le goût en est infect, mais il se dit que, si les indigènes ne tombent pas malades de la dysenterie et de la fièvre putride, c'est peut-être parce qu'ils boivent cette mixture, alors il en boit. Très vite. Avec une grimace et les yeux fermés. Qu'importe, voilà bien des années qu'il ne boit plus par goût, mais seulement pour l'état que l'alcool lui procure. Un état qui le laisse dans une expectative angoissée. Est-ce le vin de palme ou la fièvre que ce breuvage est supposé prévenir ? Une fois de plus, il est secoué par des spasmes.

*

A plus d'un mois de navigation de la presqu'île du Cap-Vert, au milieu de la rade de Brest, Vénoncourt, à qui, au cours du trajet, il est arrivé plusieurs fois de penser avec nostalgie à Deborah Wolseley, n'est ni malade, ni en état d'ébriété. Un petit homme aux yeux clairs, pilote du port de Brest, l'informe que son vaisseau est mis en quarantaine. C'est la règle, Vénoncourt la connaît. Il vient d'Afrique et les hommes de sa goélette peuvent en rapporter une épidémie. Toutefois la situation est exceptionnelle. Personne n'a de fièvre à bord, plusieurs médecins qui ont effectué la traversée peuvent en attester, mais surtout, le capitaine de *L'Echo* est porteur de nouvelles graves et ramène des passagers qui reviennent de loin. Il fait savoir au pilotin qu'il doit d'urgence entrer en contact avec les autorités portuaires afin que Monsieur Dubouchage, ministre de la Marine du roi, en soit au plus tôt informé.

*

Edouard Guinchard est depuis peu employé aux écritures du ministère de la Marine. Sans doute est-ce pour cela qu'à 7 heures du soir ce jour-là, il est encore dans les murs. En prenant connaissance du message qui vient d'arriver par le télégraphe, il ne regrette pas d'être resté. Avant d'aller porter le pli au secrétaire du conseiller de permanence, il s'empresse de recopier une version à la mine de plomb au dos d'une enveloppe usagée. La nouvelle est susceptible de lui faire gagner dans les 3 à 4 francs, ce que sa mère met parfois deux jours à engranger en vendant du mouron du côté de La Chapelle.

*

René Galouzin n'achète pas de mouron, il glane des nouvelles et publie des échos au *Journal des Débats*. Le gamin du ministère est venu trop tard et l'actualité politique est chargée. Du coup, son télégramme ne vaut pas plus d'une « brève ». Galouzin n'a donné qu'un franc cinquante au morveux. Mais il lui a demandé de rester aux aguets pour la suite, en lui promettant un complément le cas échéant. On ne sait jamais, son histoire de bateau peut faire du bruit. Elle sera en tout cas dans l'édition du 8. Tout est déjà écrit, Galouzin se relit : « *La frégate de S.M.* La Méduse *s'est perdue le 2 juillet à 3 heures du soir, par beau temps sur le banc d'Arguin, à vingt lieues du cap Blanc. Six chaloupes et canots de* La Méduse *ont sauvé une grande part de son équipage et de ses passagers. De cent cinquante hommes qui comptaient se sauver sur un radeau, il en a péri cent trente-cinq.* »

*

S.M. Louis XVIII n'est pas encore au courant de la perte de son vaisseau, mais ce 5 septembre, il a eu d'autres soucis. Sur les conseils du petit Decazes, son jeune ministre de la Police, qu'il appelle petit par affection car l'homme est plutôt grand de taille, le vieux roi a, tout à l'heure, dissous la Chambre. Il commençait à la trouver plus royaliste que lui-même, cette fameuse Chambre introuvable. Si introuvable qu'il en cherche une autre. « Ces ultras et leur surenchère ne seraient pas loin, si on les laissait faire, de reprendre le langage de la Terreur au nom de Votre Majesté, mais à leur compte... » n'a cessé de lui répéter Decazes. Et il a raison. Sa Majesté trouve souvent que Decazes voit juste. Certes, celui que ses ennemis appellent son mauvais génie est direct, il ne s'embarrasse pas des circonlocutions en usage chez les courtisans ordinaires. Il a de temps à autre des jugements un peu hâtifs, comme lorsqu'il parle du ministre de la Marine, le vicomte Dubouchage qu'il trouve « incompétent » et « dépassé ». Mais il est de bon conseil. Et le roi lui en sait gré. Il l'écoute d'une oreille attentive aussi bien pour ses avis que pour les confidences d'un ministre de la Police qui connaît beaucoup de petits secrets. Malheureusement, malgré ses talents, Decazes ne connaît pas le secret qui guérit de la goutte. Et le roi podagre l'a déploré devant son protégé. Sa Majesté ne sait s'il faut incriminer les émotions du jour ou sa collation de 5 heures, mais elle endure mille morts des deux pieds. Decazes a compati et s'est cru, du coup, autorisé à faire de l'esprit : « Votre Majesté après avoir dissous la chambre est contrainte de garder le lit ! »

Sa Majesté n'a pas ri.

CHAPITRE XXX

« Deeemandez *Les Nouvelles*!... Tout sur le scandale de *La Méduse*! Un capitaine incapable, des marins cannibales... le récit d'un survivant du radeau sanguinaire qui dit tout... Deeemandez... Il en veut un, le gentilhomme? Envoyez la monnaie! » Devant l'Hôtel de Londres, rue de Castiglione où je suis repassé, la pile du crieur a diminué de moitié en quelques minutes. Depuis ce matin, tôt, on s'arrache tous les journaux. Je viens de la rue de Rivoli et *La Méduse* est à toutes les unes, on parle partout du radeau : *L'Univers*, *La Gazette de France*, *L'Union*, *Le Temps*, *La Presse*, *Le Moniteur*... Tous crient au scandale et en font leurs choux gras. Je les ai tous lus, ainsi qu'un tas de torchons dont je ne savais même pas l'existence. Ce n'est pas par moi que ce scandale arrive, il m'a précédé!

Arrivé par la berline de Brest, je ne suis à Paris que depuis quatre jours. Si encore j'avais donné ma prose à la presse, je pourrais comprendre ce tintouin, mais il n'en est rien. Je n'ai fait lire ma relation à aucun échotier, d'ailleurs je n'en connais pas. La première personne à avoir eu connaissance des pages que j'ai écrites sur la catastrophe du 2 juillet est le capitaine de Vénoncourt. A sa demande, je les lui ai montrées puisque j'ai achevé de les rédiger pendant le mois qu'a duré notre traversée de Saint-Louis à Brest, à bord de *L'Echo* qu'il commande. Mes autres lecteurs sont au ministère de la Marine où Vénoncourt, par son entregent, a transmis mon récit. J'ai par ailleurs personnellement, dès mon arrivée, rencontré un nommé Forestier, le chef de la division aux colonies, qui devait le remettre au ministre Dubouchage en main propre. Deux jours plus tard, je n'avais aucune nouvelle du ministère et je n'en ai toujours pas, mais mon récit était intégralement publié dans *Le Journal des Débats* du 13 septembre... C'était hier et, depuis ce matin, c'est la folie.

Dans la rue, dans les cafés, aux Tuileries, on ne parle plus que du naufrage. Tout à l'heure, dans le hall de l'Hôtel de Londres, j'ai entendu le concierge raconter à un garçon d'étage : « Quand on a mangé de l'homme, on ne peut plus s'en passer... » J'ai grand-peine à garder mon calme, à me raisonner. J'ai mal dormi, je me suis réveillé sur le radeau comme presque chaque nuit. Je me sens harassé, terrassé au milieu de ce maelström qui m'échappe. J'ai beau me dire qu'entre la mort de Gabriele et l'épopée que j'ai vécue, j'ai affronté des épreuves autrement plus douloureuses que de lire mon nom dans les journaux, mais ces arguments sont sans effet, je suis touché de plein fouet.

Ce n'est pas tant le fait d'avoir lu, d'un titre à l'autre, et entendu colporter un récit tordu, déformé, dramatisé jusqu'au ridicule, qui m'accable. Il est certes violent de se voir représenter tantôt en victime, tantôt en héros, tantôt en assassin assoiffé du sang de ses compagnons et dévorant, selon les versions, leur foie, leur cœur ou leurs rognons. Mais ce qui m'atteint vraiment, c'est que cette publicité échappe autant à mon contrôle qu'à mon entendement. J'ai été floué, cela ne fait pas le moindre doute et c'est déjà pénible. Mais ne savoir ni par qui, ni pourquoi me met hors de moi.

*

Elie Decazes a devant lui tous les journaux. En tant que ministre de la Police, il jouit du privilège et parfois de l'ennui de les lire avant la populace et le roi. Grâce à ses mouchards, il lui arrive même d'en avoir connaissance avant même qu'ils ne soient imprimés. Il a le pouvoir d'en empêcher la parution, ou de caviarder les articles qui lui déplaisent, mais, sauf cas de force majeure, il évite d'abuser de la censure. Ce n'est pas une position éthique, c'est avant tout une attitude pragmatique. S'il arrive à ce fils d'un notaire de Libourne de céder aux facilités de la saisie, il le fait pour les livres, rarement pour les journaux. En règle générale, il trouve plus habile et surtout plus efficace de fournir des articles à la presse plutôt que de lui en enlever. Le tout, bien sûr, sans jamais apparaître. Ou alors, comme à l'instant, en écrivant au directeur du *Journal des Débats* pour l'informer de « son fort vif mécontentement de lire dans ses colonnes un document adressé au ministre de la Marine ». Protester auprès d'un journal qui, sans le savoir, a publié à la ligne près ce qu'on souhaitait qu'il publiât, Decazes exulte. A l'intrigue, il préfère la manipulation. Et apprécie plus encore qu'on ne puisse l'en soupçonner. Ses adversaires le savent retors et jalousent l'affection que lui porte Louis XVIII, mais ils le taxent surtout d'opportunisme. Or, du haut de ses 36 ans, Elie Decazes considère cela comme un vrai compliment.

Savoir saisir vite les occasions, comme il vient de le faire, est une qualité. Pourtant, quand la relation de ce chirurgien de l'expédition du Sénégal a atterri sur son bureau, il a bien failli la laisser passer. Les considérations d'un petit médecin de la marine sur les colonies, non merci. Mais en voyant le nom *Méduse*, il a fait le rapprochement avec ces quelques lignes sur un naufrage de frégate en Afrique. Ou avait-il déjà lu cela? Oui, justement, dans le *Journal des Débats*, la semaine dernière. Du coup, il a jeté un œil, d'abord distrait, sur la relation du naufrage de ce navire de guerre de 44 canons, puis ne s'est pas arrêté avant le point final. Ce n'est pas du Chateaubriand. Et heureusement. Parce que les écrits de celui-là, en ce moment, mieux vaut éviter d'en parler au ministre de la Police ou à Sa Majesté. Ce n'est pas seulement au christianisme que Chateaubriand trouve du « génie », c'est aux ultras du royalisme dont il est devenu le porte-plume chaque jour plus virulent. Et depuis la dissolution il a mis son grand talent au service de cette bien petite cause. Rien ne l'arrête. Alors que le roi l'a tout de même nommé pair de France avec le rang de ministre d'Etat, l'ingrat vient de publier *La Monarchie selon la Charte*, un petit texte à l'acide qui a fait perdre à Decazes son sang-froid. Il y a de quoi. L'auteur de *René* y présente le roi comme un « aliéné » et traite son ministre de la Police et conseiller de « monstre né dans la fange révolutionnaire de l'accouplement de l'anarchie et du despotisme ». Le « monstre », quoique habitué à être considéré par la noblesse du Faubourg-Saint-Germain comme le mauvais génie du roi, a été mis hors de lui par cette histoire. Ainsi, dans l'emportement de sa première réaction, il n'a pu s'empêcher de saisir l'ouvrage. L'affaire n'a pas été simple car Chateaubriand l'avait fait copier à de nombreux exemplaires.

Et Decazes est d'autant plus en colère qu'il a été tancé par Sa Majesté pour n'avoir su garder ses nerfs. Le roi craint en effet, et il n'a pas tort, qu'après cette saisie, « l'affaire ne germe davantage, à cause de la faveur qu'un vernis de persécution donne toujours aux hommes et aux choses ». Decazes est pourtant le premier à le savoir. Il eût été plus habile de rayer Chateaubriand de la liste des ministres d'Etat et surtout de lui supprimer son traitement de 24 000 francs par mois. Ce que se réserve d'ailleurs de faire le roi, sur ses conseils. Mais au diable l'auteur des *Mémoires d'outre tombe*! Decazes préfère la « relation de la catastrophe du 2 juillet 1816 par Jean Baptiste Savigny ».

Que le style de ce carabin et son histoire soient dignes d'un roman populaire, le ministre de la Police s'en moque comme de son premier bicorne de préfet. Le seul intérêt, pour lui, de ce récit détaillé, c'est l'utilisation politique qu'il a commencé à en tirer. Les résultats vont au-delà de ses espérances. L'affaire a été rondement menée par le biais d'un jeune grouillot du ministère de la Marine, qu'un rapport de police soupçonne d'arrondir ses modestes gages en revendant des informations confidentielles. Il a suffi de veiller à ce que le jeune corrompu ait le document en main et cela n'a pas tardé. Le soir même, sans savoir qu'il était suivi, ce freluquet allait vendre une copie à un nommée Galouzin du *Journal des Débats* qui s'est empressé de le publier texto. Et depuis, dans Paris, on parle beaucoup plus du naufrage de *La Méduse* que de la dissolution de la Chambre.

Pour l'instant les gazettes dramatisent à tout va sur ces pauvres hères qui ont dû s'entre-dévorer pour survivre. Mais déjà, dans tous les articles, on s'en prend au premier responsable de ce drame, le commandant de Chaumareys. Ce « rentrant » trop âgé, porté sur la bouteille et incapable de mener ne fût-ce qu'un canot, est coupable. Mais quand les journaux auront fini de livrer ce barbon aviné à la vindicte, Decazes sait qu'ils s'attaqueront à celui qui l'a nommé : Dubouchage, ministre de la Marine qui, au mépris de l'évidence, a osé confier à ce Chaumareys la responsabilité de plusieurs navires et celle d'une expédition dans laquelle il a ridiculisé la France et Sa Majesté. C'est l'affaire de quelques jours : le vieux vicomte Dubouchage, grand allié des ultras, risque d'avoir quelques difficultés à s'en remettre !

Decazes est d'autant plus satisfait de son coup, que le *Journal des Débats* dont il s'est servi est l'organe préféré des nouveaux amis de Chateaubriand. En rangeant le rapport de Savigny dans le tiroir de son bureau, le ministre de la Police, qui ne se pique pas comme son collègue de la Marine de connaître la navigation, n'est pas loin de considérer qu'il a plutôt bien mené sa barque.

*

Théodore tient fermement par le licol l'étalon écumant dont la robe alezane est trempée de sueur. D'une ruade, le reproducteur a failli le renverser en voyant la jument. Elle est là, immobile. Elle l'attend. « Là, là vas-y, mon beau ! » Théo, maintenant aidé du garçon d'écurie du cirque Franconi, encourage à la saillie le cheval qui hennit. Le désir impatient de l'étalon lui confère une maladresse pataude qui ne sied pas à sa noblesse. En escaladant la jument, il glisse et ses sabots ferrés de neuf viennent piaffer sur la terre battue tandis que balance son membre démesuré et sombre. A la troisième reprise, le pur-sang, guidé par le garçon d'écurie, atteint son but et hennit de contentement. Théodore a lâché le licol pour son grand carnet de croquis. Il a l'œil prédateur et profond de ceux qui savent capturer l'instant. D'un trait de fusain, il esquisse la tête de l'alezan en action. Un croquis, deux, puis trois... Moins satisfait du résultat que le cheval de son affaire, Théodore quitte le box. Il a beau avoir tourné ce matin très tôt, deux heures d'affilée, au galop comme au trot, sur la piste de ce cirque fort prisé pour ses reconstitutions équestres de batailles, il n'a plus le même plaisir à dessiner des chevaux. Il aime capter la puissance maîtrisée, la docile efficacité de ces monstres apprivoisés qui peuvent à tout instant redevenir rétifs. Mais même s'il les peint dans l'ombre et souvent au combat, il tend désormais vers des sujets plus noirs.

Pourtant, excepté la peine causée par le décès de sa mère, l'existence de Théo, vue de l'extérieur, peut sembler insouciante. Une vie où même les décisions graves se prennent à la légère. D'un trait de plume, d'un coup de tête. Théo s'est ainsi enrôlé dans les mousquetaires de la Restauration alors que son père avait payé le prix fort pour lui éviter la conscription. Qu'importe, le jeune homme s'est engagé dans ce corps sans autre raison avouée que la beauté de l'habit gris de ses soldats. Mais vrai dandy, ou faux dilettante, il ressent de plus en plus nettement dans sa peinture combien « *la terribilita* » l'attire. Fi des cuirassiers blessés quittant le feu, des chasseurs à cheval de la garde impériale à la charge, de la brutalité picturale des batailles ! Ce n'est pas l'horreur qu'il veut capturer, c'est le silence intime de la souffrance. La sienne est lancinante. La douleur de la disparition de sa mère n'est rien à côté de celle de la fin de son histoire d'amour avec Alexandrine. Son père l'a sommé d'en faire le deuil. Dans trois jours, il part pour Florence. Il aura de longs mois pour y penser.

« Deeeemandez *Les Nouvelles* : tout sur *La Méduse* et ses marins cannibales, deeeemandez ! » En quittant le cirque Franconi, Théodore Géricault achète au crieur, un gamin aux cheveux en bataille, *Les Nouvelles*, mais également *Le Moniteur* et *Le Petit Echo*.

CHAPITRE XXXI

Hugues de Chaumareys a le corps endolori par l'amertume et l'abstinence. Par le manque de sommeil aussi et la certitude de n'avoir rien à faire ici. A force de ressasser son innocence, il en est venu, même dans ses moments de lucidité, à ne plus s'attribuer la moindre culpabilité. L'amarre ? « Elle a coupé. » Le fait qu'il n'ait pas quitté le navire le dernier ? Il s'en est déjà expliqué : « Il fallait veiller à l'évacuation... » Alors il ne comprend pas. Pourquoi ces audiences qui n'en finissent pas ? Pourquoi ce traitement indigne eu égard, non seulement à son rang, mais à ses états de service ?

Sa mise aux arrêts dès le débarquement à Rochefort, puis maintenant le Conseil de guerre à bord de ce bateau ancré sur la Charente. Cette salle du Conseil sur un navire qui lui rappelle *La Méduse*. Et ce manque de respect. On l'a tout de même laissé s'asseoir, en raison du « grand délabrement » de sa santé, c'est le terme employé par le greffier. Mais délabré ou non, Chaumareys doit se lever pour répondre à l'interminable interrogatoire des sept officiers qui sont encore ses pairs et qui, du haut de leur estrade, le toisent. Un amiral et six capitaines de vaisseau nommés par le roi qui lui posent sans la moindre aménité un flot roulant de questions d'une sèche précision :

« Combien de temps avez-vous filé sud sud-ouest ? » Qu'est-ce qu'il en sait ? Tout cela est si loin. N'en aura-t-on jamais fini de cette cohorte de témoins, de ces confrontations, des demandes de détails sur le démantèlement du convoi, sur le cap Blanc ou sur l'amarre de ce maudit radeau... Sempiternel rituel depuis près d'une semaine. On vient le chercher le matin sous bonne garde dans sa résidence, il est conduit au tribunal et n'en sort que le soir, épuisé. On veut sa perte, Chaumareys en est persuadé. Ces officiers le questionnent comme un malandrin. Sa place n'est pas devant ce tribunal. Il n'est pas coupable, mais victime.

On s'attaque à un officier de Sa Majesté que la fatalité a empêché d'accomplir l'intégralité de sa mission. Homme de devoir et d'honneur, il a fait tout ce qui était en son pouvoir pour sauver ce qui pouvait l'être et limiter des dégâts. Sans sa clairvoyance, ils auraient été bien plus dramatiques. Plus le vieux capitaine s'échauffe et plus il y croit. Il sent la colère s'emparer de lui, mais elle est intérieure. Il lui faudrait, pour l'exprimer, une grande rasade de n'importe quoi de fort qu'il avalerait comme une potion en fermant les yeux. Alors il deviendrait éloquent. Il pourrait les convaincre. Mais pas question de boire ici. Qu'importe, il s'en passera, il va leur dire, il va les faire sortir de leur morgue arrogante, de leur solennité cassante d'officiers de marine qui jugent un officier de marine ! Et puis cet avocat, ce Gallifet qui est censé prendre sa défense mais qui le croit coupable. Au lieu de réfuter point par point les attaques sur « ses manquements » en matière de commandement et de navigation, il parle de son âge, de son absence de pratique due à un séjour prolongé en Angleterre, et de grande fatigue... et pourquoi pas d'ivrognerie tant qu'il y est ?

De toute façon, il est trop tard pour en prendre un autre. Celui-ci lui a pourtant été envoyé par Dubouchage. Le ministre de la Marine lui a assuré qu'il ne ménageait pas ses interventions pour que le jugement ne soit point trop sévère. Mais Chaumareys est persuadé du contraire. L'avocat n'en fait qu'à sa tête. Sa plaidoirie n'a guère ému le Conseil qui l'a écouté d'un air fermé. L'amiral a même haussé les épaules par deux fois tandis que deux des juges échangeaient des commentaires à voix basse. Chaumareys est accablé. Il comprend bien que sa dernière chance est de se défendre lui-même et maintenant. Alors il s'élance, mais au moment où il commence à parler il comprend qu'il a présumé de sa colère : sa gorge se noue, sa voix se tord, on ne l'entend pas. Les juges qui l'observent ne perçoivent qu'un râle. Chaumareys est en sueur, ses jambes sont en chiffon. Il se sent glisser, voit Gallifet tenter de le retenir, une rumeur lui parvient comme en écho. Une douleur sourde sur le côté l'étreint. La bouche crayeuse, l'odeur du bois calfaté, puis plus rien...

*

Corréard a gardé sa barbe et conserve de sa traversée un visage marqué par le soleil et les embruns. Au coin de ses yeux, les rides sont plus blanches que le reste de son visage. Son apparence a moins changé que son discours. Il est parti dans une diatribe vindicative mais étayée contre la hiérarchie de la marine et les autorités. Il va leur faire regretter « à ces fientes galonnées » de l'avoir, « après ce que nous avons enduré », laissé dans l'abandon, « pour ne pas dire le dénuement ». De l'avoir traité « avec une légèreté qui confine au mépris ». Corréard est très remonté mais sa colère n'est pas amère. Ou alors pas seulement. Il prend un certain plaisir à l'exprimer et du coup, je l'écoute avec plus de sympathie amusée que de compassion. « Tu me connais, Savigny, je ne suis pas un séditieux, ce n'est pas chez les ingénieurs géographes qu'on fabrique les rebelles, mais il ne faut pas non plus nous traiter comme des palefreniers et c'est ce qu'ils font, Savigny... Et moi, je te le dis, ça ne peut pas durer. Je leur ai soumis des propositions, ils n'ont répondu à aucune. Sinon pour me faire expliquer par un grouillot du ministère de la Marine que le pays ne me doit rien. Alors j'ai réfléchi en ingénieur... Ce qu'il faut à ces gens-là, c'est une démonstration... Eh bien ils vont l'avoir ! Parce que, cette fois, elle va être publique, ma démonstration ! Oui Savigny, publique ! Et elle va faire du bruit, tu peux me croire... » Dans son élan, Corréard avale d'un trait son verre de quinquina. Ce qui le fait tousser, car celui que l'on sert à l'Hôtel d'Angleterre est particulièrement amer. Mais il en faudrait plus pour l'arrêter : « Je te vois sceptique, mon vieux Savigny. Tu te trompes. Je n'ai rien à perdre et peut-être beaucoup à gagner. Et toi aussi, mon vieux, toi aussi ! Tu te demandes comment ? C'est très simple ! D'ailleurs tu as déjà fait les trois quarts du travail, il ne nous reste qu'à l'améliorer un peu... Et moi je te le dis, les Dubouchage et consorts, cette fois, ils vont se souvenir comment on s'appelle... » Je n'aime pas le goût âcre du quinquina et je ne sais pas pourquoi j'en bois. Je ne vois pas non plus où Corréard veut en venir, mais en vidant mon verre il ne tarde pas à me l'expliquer : « Eh oui, tu as déjà fait le plus gros avec le récit de notre aventure. Les journaux qui en ont parlé sont épuisés. On ne trouve plus un seul exemplaire... En septembre quand tu es rentré, ça les arrangeait, Decazes et sa bande, d'ébruiter l'affaire dans la presse. Aujourd'hui ils font tout pour l'étouffer. Tu as lu une ligne dans une seule gazette sur le procès de cette vieille carne avinée de Chaumareys, toi ? Pas un mot ! Même à Rochefort, d'où je viens et où ils jugent le vieux poivrot, pas un mot depuis le début de janvier ! Comme si on voulait rayer l'histoire de *La Méduse* des mémoires. Alors on va les rafraîchir les mémoires, crois-moi ! Je les connais, tu sais. A Saint-Louis ils ont déjà essayé d'acheter mon silence. Il fallait que j'oublie que l'amarre du radeau avait été coupée et tout s'arrangeait pour moi, mais je ne mange pas de ce pain-là. L'histoire, toute l'histoire, on va la raconter, on va en faire un livre. On va rajouter deux ou trois détails qui manquaient à ton récit et puis remettre un peu de style, parce que là, on n'écrit pas pour des fonctionnaires du ministère de la Marine, on écrit pour le peuple. Il a le droit de connaître la vérité et, foi de Corréard, je te garantis qu'on va l'éclairer ! »

*

Chaumareys a de la bile dans la gorge. Sécrétion de son foie dévasté, mais aussi celle, plus âcre, de la colère face au tribunal. Sa santé est au plus bas. Il a eu un malaise et a dû garder le lit deux jours aux arrêts avant d'être à nouveau en état de comparaître, mais c'est tout juste s'il n'a pas été soupçonné de simuler et été traîné de force devant ses juges. La suprême humiliation est à venir. Ses galons d'officier de marine, mais aussi ses décorations : Légion d'honneur et ordre royal de Saint-Louis vont lui être arrachés. La décision est déjà prise, cet incapable de Gallifet l'en a informé : « Je n'ai rien pu faire, quel que soit le verdict, les deux ordres en ont décidé ainsi. »

Il ne se fait plus grande illusion. Au fil des jours aux arrêts, devant l'absence totale de mansuétude du tribunal, Chaumareys a commencé à douter de l'efficacité de ses protections. Et ce n'est pas la peu convaincante plaidoirie de Gallifet qui l'a rassuré. Il est tard. Trois quarts d'heure déjà que les membres du Conseil de guerre délibèrent. Chaumareys, sur son fauteuil de bois, ne cesse de changer de position. Il est à la fois pressé d'en finir et il a peur. Et s'ils le condamnaient à mort ? Ils en sont capables tant ils sont remontés, tant cet amiral de La Tullaye qui préside le Conseil le considère comme le seul coupable désigné. Gallifet pose sa main molle sur l'épaule de Chaumareys qui, d'un geste agacé, s'en débarrasse. Les membres du Conseil viennent de faire leur entrée.

Appuyant ses deux mains tavelées sur les accoudoirs de son fauteuil, Chaumareys se lève. Il se tient droit dans son uniforme et regarde ses juges d'un air qu'il veut fier, mais qui est celui d'un vieil homme brisé s'apprêtant à l'être plus encore. Qu'on en vienne au but ! Chaumareys n'en peut plus de cette glose jargonneuse interminable, de ces articles de loi qu'on égrène comme un chapelet d'ignominies, de cette culpabilité reconnue à l'unanimité. Coupable de l'échouage de la frégate *La Méduse*, de sa perte, coupable de l'abandon du navire, coupable de l'abandon du radeau, coupable, coupable, coupable. Coupable de tout et condamné à quoi ? Qu'ils le disent !

Chaumareys a du mal à rester debout. Ses oreilles bourdonnent quand il entend : « Par la majorité de cinq voix sur huit, le Conseil a décidé de rayer le commandant Hugues de Chaumareys de la liste des officiers de marine de Sa Majesté. Il assortit cette mesure d'une interdiction de servir... », le commandant de *La Méduse* vacille. Par cinq voix sur huit toujours, le Conseil le condamne « à trois années de prison militaire »...

A nouveau, la main molle de Gallifet sur son épaule. Cette fois Chaumareys ne la rejette pas. Il demande même à son avocat d'une voix à peine audible : « Trois ans à la prison de Rochefort, c'est bien cela ? » Gallifet tente de le rassurer : « Compte tenu de votre santé déficiente, on m'a assuré que vous serez à l'hôpital militaire... »

Le capitaine déchu n'a cure de cette mesure de clémence. Il s'emporte d'une voix éraillée : « Machination, c'est une machination ! Mais je vais écrire au roi, ce tribunal a oublié que je suis le neveu de l'amiral d'Orvilliers ! »

Le vieil homme n'entend pas la seule réponse qu'il obtient du Conseil qui vient de le condamner. Elle émane du greffier qui marmonnc : « C'est surtout l'amiral d'Orvilliers qui serait ravi d'oublier qu'il a pareil neveu », avant de déclarer l'audience levée.

CHAPITRE XXXII

« Tu n'as pas une idée de l'endroit où je pourrais les rencontrer ? » Théodore Géricault est nu sur le lit défait de la chambre attenante à son atelier. La jeune Italienne à qui il s'adresse est tout aussi dévêtue. Vingt ans, guère plus, une impudeur ingénue, des taches de rousseur, des yeux verts assez rieurs et une bouche joliment ourlée. Elle a les cheveux clairs et courts, des petits seins pointus, le sexe pâle et bombé, et elle a une idée : « Peut-être tu devrais essayer chez l'*editore*... Tu as regardé le nom ? Fais voir ! Tiens c'est écrit : Hocquet-Eymery-Barba-Delaunay-Ladvocat. 1817... L'adresse c'est marqué aussi : rue de l'Echelle, numéro 3... Tu connais, c'est où ? »

Théo aime la voix un peu fêlée et l'accent d'Emilia. Elle parle bien mieux le français que lui l'italien. Elle est vive, elle est tendre, elle fait l'amour avec une concentration que ne laisse pas deviner son apparente désinvolture. Il l'a rencontrée à Florence, devant le Palazzo Pitti. Elle habitait Via Romana avant de le suivre à Paris. Il aime écouter son cœur battre, sentir la chaleur de sa peau après avoir passé des heures à peindre des chairs glacées de cadavres aux muscles pétrifiés par la *rigor mortis*. Son grand atelier du faubourg du Roule prend, certains jours, les allures d'une salle de dissection. Les croquis qui s'y entassent ou qui sont accrochés au très haut mur de plâtre entaillé que la verrière éclaire d'une lumière crue, présentent des visages décharnés de grands malades, des faciès creusés, tordus par la souffrance, des yeux caves qui regardent déjà vers l'au-delà, des bouches noires et édentées dont ne s'exhale plus qu'un souffle fétide, rauque et irrégulier, des chairs pâles qui peinent à couvrir des corps devenus squelettes avant la mort.

Bribes de souffrance, capturées ou volées à l'hôpital Beaujon, tout à côté, grâce à la complici té de quelques carabins qui le laissent entrer pour dessiner. Ils ont le même âge que lui. Plusieurs sont devenus des amis, comme Léon Burel, interne en chirurgie et grand amateur de peinture qui le traite de « dandy doué pour le malheur ». Burel lui a récemment fait apporter par un vieil infirmier une main d'amputé, un pied, et même la tête d'un cadavre disséqué qu'il a gardée trois jours dans son atelier avant de la rendre afin qu'elle soit incinérée. Saisir la souffrance, c'est la capter au plus près de la réalité. Théo en est profondément convaincu depuis qu'il est rentré d'Italie. A coups de mine de plomb, de fusain, de pinceau, avec une brutale précision, il trace à vif sur le papier ou sur la toile des corps endoloris. Il se repaît ensuite dans ses draps de la douceur de celui d'Emilia, plein de délices et de vie. Transcrire la souffrance mais ne pas laisser passer le plaisir.

Il aime que sa belle Italienne s'horrifie ou s'émerveille avec la même simplicité. Il aime qu'Emilia soit à ses côtés, mais il aime moins s'avouer que ce qu'il préfère chez elle, c'est qu'elle lui en rappelle une autre : Alexandrine, sa propre tante. L'Italie, c'était pour mettre un terme à leur amour interdit et de la distance entre elle et lui. C'est le père de Théo qui, pour sauver l'honneur de son barbon de frère, a décidé d'éloigner son fils de Paris. Un neveu ne prend pas l'épouse de son oncle ! Faute d'avoir dissuadé Théo de devenir artiste, il entendait au moins l'empêcher de faire scandale en filant le parfait amour avec sa trop jeune tante. D'où ces longs mois à Florence. On connaît certes des villégiatures plus austères, mais si Théo l'a acceptée, cette séparation n'en avait pas moins assombri le jeune homme. Tranches de vie, morceaux de morts, des centaines d'esquisses, des ébauches, comme s'il était en quête perpétuelle de son sujet. Mais depuis hier il sait qu'il l'a trouvé. Emilia n'y est pas pour rien. C'est elle qui lui a fait lire le récit de cet incroyable enfer, de ce drame à la fois plein d'abandon et d'espoir. Il l'a lu et relu, il veut en savoir plus, entendre ce que les témoins n'ont pas dit, les interroger. Qu'ils lui racontent de vive voix leur terrifiante odyssée. Il n'a d'eux que leur livre et leur nom : « Jean Baptiste Savigny, ex-chirurgien de la marine et Alexandre Corréard, ingénieur géographe, tous deux naufragés du radeau. »

Leur ouvrage, dont Emilia a corné les pages pour retrouver ses passages préférés, est posé à même le plancher taché de bleu de Prusse et de terre de Sienne, les couleurs depuis longtemps séchées d'une palette de Théo, tombée par terre du mauvais côté. *Naufrage de la frégate* La Méduse *faisant partie de l'expédition du Sénégal en 1816 : Relation contenant les événements qui ont eu lieu sur le radeau, dans le désert de Sahara à Saint-Louis et au camp de Daccard.* Théodore Géricault connaît le titre par cœur. Il se lève et, toujours nu, se dirige d'un pas décidé vers la table de toilette. Pourquoi attendre ? « Habillons-nous et allons chez cet éditeur ! » dit-il, essuyant son visage qu'il vient d'asperger avec l'eau d'un grand broc émaillé.

*

Hugues de Chaumareys tourne en rond. Il n'est pourtant pas dans la prison qu'aurait dû lui valoir sa condamnation. Il n'a même pas passé une seule nuit dans une geôle du pénitencier de Rochefort où tout autre à sa place aurait été conduit. Le commandant déchu est dans la Somme. Sa cellule n'est pas trop exiguë. Elle comporte 35 pièces sans compter les communs. Après un séjour à l'hôpital militaire de Rochefort, c'est ici, au château d'Ham, qu'on l'a transféré afin qu'il y purge sa détention. Un gros château en guise de prison pour lui tout seul, ou presque.

Une épaisse bâtisse fortifiée dont la dernière restauration remonte au XIIIe siècle. C'est ce que lui a affirmé Bricard, qu'il traite comme un valet et qui est son geôlier principal. Quelques soldats veillent également à la garde du prisonnier. L'épais donjon crénelé du château d'Ham, ses hauts murs borgnes et ses austères bâtiments se font nuit et jour l'écho des récriminations de leur occupant. Le « naufrageur de *La Méduse* », comme l'appellent les gens du bourg, se plaint de tout du matin au soir. Chaque jour un peu plus persuadé d'être victime d'une machination judiciaire, il ne se contente pas de harceler son gardien de ses récriminations, il accable de courriers tour à tour vengeurs ou suppliants toutes ses relations dans tous les ministères. Chaumareys s'est mis en tête de récupérer ses décorations et d'être réintégré dans son grade. Le temps de la rédaction de ces multiples missives laisse un peu de répit au malheureux Bricard. Car avant même que l'encre de ses lettres n'ait séché, Chaumareys lui en fait à haute voix la lecture en y mettant le ton et en l'injuriant s'il n'y prête pas assez attention.

Quand il vient le visiter, Gallifet, son avocat, a beau lui répéter qu'il devrait s'estimer chanceux, que le fait d'être le neveu de l'amiral d'Orvilliers lui a évité une peine qui aurait pu être beaucoup moins clémente, le vieux « rentrant » s'entête à lui rétorquer qu'il aurait dû bénéficier d'un non-lieu. Et si Gallifet insiste en lui rappelant qu'il est en résidence surveillée alors qu'il devrait se trouver dans un cul-de-basse-fosse, il le chasse en vociférant. Aucun argument ne vient à bout de l'amertume de Chaumareys. En attendant les réponses à ses courriers, il accuse Gallifet et Bricard de toute l'injustice dont il se sent victime. Son avocat est « à la solde de ses adversaires », et ses « plaidoiries de couard asservi » l'ont « accablé plutôt que défendu ». Quant à son gardien à tout faire, il est traité, selon les jours, de « bourrique, d'incapable ou de vendu ». Gallifet n'est que de passage et s'arme d'une patience contrite. Il visite Chaumareys une fois par mois. Quand les injures empirent, il menace de ne plus revenir. Mais Bricard, lui, est là jour et nuit, alors pour avoir la paix un moment il a recours à quelques adjuvants. Au début, pensant le calmer, il a fourni à son prisonnier cette eau-de-vie de pomme que distillent les gens d'ici. Elle a de solides vertus abrutissantes. Au bourg, quelques anciens grognards ayant remplacé le feu des batailles par celui de la bouteille en sont la preuve éructante. Mais Chaumareys ne manque pas d'endurance. Très vite, le malheureux Bricard a dû constater que la boisson, au lieu d'endormir l'hôte forcé du château, déliait son éloquence et redoublait ses diatribes.

En revanche, le geôlier-valet a promptement noté que Chaumareys piquait du nez après chaque repas. Il lui en sert donc quatre au lieu de trois et gagne ainsi, au gré des somnolences, quelques heures de calme. Mais ce matin, ni la collation ni la boisson n'apaisent l'ex-commandant de *La Méduse*. Il vient de recevoir une réponse émanant du chancelier de l'ordre de Saint Louis et il est surexcité avant même d'avoir décacheté l'enveloppe : « Allez, Bricard, fais sortir des caves tes meilleurs flacons ! Nous sommes au matin d'un grand jour. Nous allons bientôt nous quitter, mon ami. Je reprends vie car je reprends mon honneur : on va enfin me rendre mes médailles puis mes titres et ma liberté. Il ne peut en être autrement. Mes amis ont fini par l'emporter... Oui, Bricard, sers à boire et va chercher ta soldatesque, nous allons trinquer. » Chaumareys, tout guilleret, fait sauter d'un coup d'ongle le cachet de cire pourpre aux armes de Saint Louis. Puis, sous l'œil des trois soldats et de Bricard, il extrait avec fièvre la lettre qu'il commence à lire. D'abord silencieusement, puis à haute voix : « Monsieur, suite à vos nombreux courriers et aux multiples requêtes de vos amis, je me vois au regret de vous informer qu'en vertu des règlements de l'ordre royal et militaire de Saint Louis, comme d'ailleurs de ceux de la Légion d'honneur, il nous est définitivement impossible de donner suite à votre demande. Vous avez, Monsieur, été condamné et dégradé par le Conseil de guerre en date du 1er mars 1817 et à ce double titre vous êtes radié à vie... » Abasourdi, Chaumareys laisse tomber la lettre. Ses cheveux blancs sont ébouriffés, sa chemise défaite, il est pâle et il pue un mélange de transpiration malsaine et de pisse séchée. Un des soldats l'aide à s'asseoir et lui tend un gobelet d'eau-de-vie que l'ex-capitaine avale d'un trait en grimaçant. Une quinte de toux le secoue douloureusement, mais son souffle revient, son obsession aussi. Radié à vie ? C'est bon pour les coupables ! Il va leur arracher sa réhabilitation, à ces obtus, à ces asservis. Si 10 lettres n'ont pas suffi, il en écrira 20 autres. Si l'influence de ses amis n'a pas eu d'effet, il saura faire appel à de plus haut placés.

Même de sa prison, il déjouera les manigances des intrigants qui veulent sa perte. Même dégradé, même enfermé, il écrasera cette cabale de pleutres et d'envieux. Il va leur montrer qui est vraiment le vicomte Hugues de Chaumareys, héros de Penthièvre, capitaine de frégate de Sa Majesté, injustement accusé et condamné pour avoir fait son devoir !

Les signataires de cette lettre appartiennent sûrement à l'engeance de ces officiers qui l'ont chargé devant le Conseil de guerre : « Je vais les faire casser, moi, ces petits merdeux, je vais leur apprendre le respect de leurs supérieurs et de leurs aînés... » Chaumareys s'est relevé, mais il n'a plus d'auditoire. Tandis qu'il vociférait, les soldats et Bricard se sont éclipsés, le laissant à sa bouteille. Le gobelet qu'avale le prisonnier en fermant les yeux le brûle comme la braise et le laisse sans voix.

CHAPITRE XXXIII

Il est là, devant moi, massif et imposant. La qualité de la reproduction est d'une telle précision que je suis étonné de ne pas être plus troublé. Reconstitué minutieusement, avec ses tronçons de mât sectionnés à la hache, ses bastaings grossièrement équarris, ses tonneaux défoncés, ses planches noircies de goudron et ses cordages enchevêtrés, ce radeau est l'exacte réplique du nôtre. « Plan du radeau de *La Méduse* au moment de l'abandon » : un dessin au crayon sur une grande feuille de papier épinglée au mur de l'atelier a servi de modèle. Sous le titre, la légende en lettres anglaises à l'encre de Chine, est des plus lapidaires : « Cent cinquante français avaient été placés sur cette machine, quinze seulement furent sauvés 19 jours après ». Un an et demi plus tard, est-ce de voir « la machine », posée à même un plancher taché de peinture en guise d'océan, sous la verrière d'un atelier d'artiste parisien ? Ce radeau réduit ne suscite chez moi, l'un des « quinze seulement », d'autre émotion que celle que provoque une prouesse technique.

Le souvenir est intact pourtant. Chaque nuit ou presque depuis notre sauvetage, la douleur est ravivée par des cauchemars récurrents. Je rêve toujours et encore que je suis sur ce radeau. Quand je me réveille dans le noir, trempé de sueur et non pas d'eau de mer, il me faut du temps avant de constater, tout heureux et surpris, que je me trouve dans mon lit. Mais là, j'ai beau essayer de me remémorer la place que j'occupais sur notre embarcation de fortune, chercher mon perchoir, près des tonneaux, je ne perçois cette maquette trop parfaite du radeau que comme « un jouet d'enfant gâté ». J'ai eu le malheur de faire part de cette remarque à Corréard qui s'est empressé de la relever : « Excellent, ça, mon petit Jean Baptiste : nous sommes devant un jouet alors que sur le vrai radeau, c'est nous qui étions le jeu des flots... Ah oui, j'aime beaucoup ! Je le note et le rajouterai dès notre prochaine édition... »

Corréard, qui a déjà reproduit ce croquis du radeau dans la dernière édition de notre récit, ne tarit pas d'éloges sur le travail du charpentier Lavalette. C'est lui qui a réalisé d'abord une maquette en modèle réduit, puis ce radeau plus grand. Lavalette est très flatté d'être cité dans l'ouvrage. « C'est bien de l'honneur », nous répète-t-il chaque fois que nous le croisons. Nous avons vécu la même tragédie, enduré les mêmes périls et mangé les mêmes « chairs », pourtant j'ai peu de souvenirs de lui. Quand je l'ai rencontré chez Théo, sa tête me rappelait vaguement celle d'un passager sans doute croisé sur *La Méduse*, ce qui m'a fait une fois de plus mesurer à quel point, confinés sur notre radeau, nous pouvions vivre les uns sur les autres sans nous voir, tant chacun ne pensait qu'à sauver sa peau.

Mon récit revisité par Corréard en est à sa troisième réimpression. En le relisant, j'ai parfois quelques difficultés à y retrouver ma prose. Il a changé de style et de ton. J'avais écrit un rapport circonstancié pour des militaires en m'en tenant aux faits, sans fioritures et avec le plus de précision possible. Corréard, lui, a gardé les faits mais il en a enjolivé quelques-uns et assombri d'autres. Il a voulu que j'y mette de l'indignation, de la colère. De la couleur aussi. Dans les quelques libertés prises avec la stricte réalité, rien de bien grave, mais au passage, il ne s'est pas oublié. Il n'a pu s'empêcher d'améliorer son rôle, de grandir son personnage : « C'est dans le strict intérêt du lecteur. Dans une aventure, il faut des héros, comme dans les romans... Dans ton récit tu étais trop en retrait et moi aussi... Pour que les gens ressentent ce que nous avons enduré, il faut qu'ils puissent se dire que la même chose aurait pu leur arriver. Et pour qu'ils se le disent, il faut qu'ils aient un modèle à qui s'identifier et le modèle, c'est nous... alors je nous ai juste rendus un peu plus aimables, c'est tout ! » Je ne peux pas trop protester car Corréard, afin que je n'en prenne point ombrage, a veillé à me tailler aussi un rôle de héros. J'ai même dû batailler pour qu'il n'en fasse pas trop. Et surtout refréner sa fâcheuse tendance au pathos pompeux et à la tirade justicière et vengeresse. Mais je dois reconnaître que le résultat, quoiqu'il ne me plaise pas en tous points, est un succès et se vend fort bien. Je ne saurais m'en plaindre, car la marine est peu reconnaissante envers ses « héros ». La fort modeste demi-solde que je touche depuis mon retour en atteste.

Un fonctionnaire du ministère m'a laissé entendre que Dubouchage et ses proches conseillers nous reprochent d'avoir donné à cette affaire une publicité dont ils se seraient passés. J'ai eu beau arguer que ma relation du naufrage était destinée au ministre de la Marine, que sa diffusion avait été organisée à mon insu, il m'a été répondu que l'on ne me reprochait pas ces « prétendues fuites ». Que peu importait celui ou ceux qui avaient eu intérêt à les faciliter. Ce qui était inadmissible, c'est que le récit à succès qu'on en avait tiré donnait de la marine une bien piètre image.

Dubouchage, d'autant plus remonté que son

poste est en jeu, répète, paraît-il, que mes camarades du radeau et moi-même, avec nos jérémiades, sommes des ingrats qui ont trop vite oublié la grande mansuétude dont la marine a fait preuve à notre égard. Mon informateur au ministère m'a expliqué que Dubouchage avait beaucoup pesé pour qu'en raison « du grand désordre mental engendré par notre errance, nous échappions à un passage devant le Conseil de guerre afin d'y répondre des actes de sauvagerie caractérisée auxquels nous nous sommes livrés ». En clair : Il nous faudrait donc nous taire et remercier. Même si nous le voulions, je crains qu'il ne soit un peu tard. Notre récit a déjà fait le tour de Paris, il se vend à Londres et d'autres que nous sont en passe de faire connaître le calvaire que nous avons enduré. Cette maquette soignée doit permettre à un peintre d'immortaliser notre histoire. C'est lui, Théodore Géricault que je suis venu voir.

Depuis six mois, nous parlons presque chaque semaine. Au début j'étais un peu méfiant et Corréard aussi. Qui était ce dandy qui prétendait fixer notre malheur sur la toile ? La réponse n'a pas tardé. En découvrant la puissance de ses esquisses, en l'écoutant me questionner après qu'il a lu et relu toutes les versions de notre récit, il m'est très vite apparu comme une évidence que, si quelqu'un pouvait saisir notre calvaire, c'était lui. Avant de se mettre à l'œuvre, il a mené un incroyable travail d'enquête. Il a voulu tout savoir de notre histoire, l'intime, l'infime et même l'infinitésimal. « N'omets rien, Jean Baptiste! Ce qui peut te sembler anodin ou insignifiant peut revêtir pour moi la plus extrême importance. C'est par le détail que l'on capture dans toute sa force la réalité! » me dit-il chaque fois qu'il souhaite un éclaircissement sur un point du récit. Ensuite il a commencé les esquisses, elles s'amoncellent dans l'atelier : des dizaines de croquis, projets au crayon, lavis, dessins parcellaires en partie travaillés au pinceau, images denses et sombres, fracassées d'une lumière fatale. J'ai à la main un de ces essais. Un détail de la première rixe : les corps à demi immergés et si serrés qu'il est difficile d'armer son bras pour porter un coup. Un homme disloqué entre deux tonneaux, sa tête pend dans l'eau. Un autre corps désarticulé, les membres brisés sur les bastaings du radeau, des regards effarants, des yeux apeurés, un officier tentant de dégainer son épée du fourreau. La haine folle d'un soudard qui frappe pour tuer, la volonté forcenée d'un autre qui cherche à remonter sur le radeau. Quelques traits de crayon, et des coups de pinceau comme des coups de sabre! Entassement blanchâtre de corps, fragments d'un tableau enduit d'une pâte aux teintes du désastre : le plomb du ciel, l'écume grise de la lame, la noirceur pétrifiée de nos regards. Je me revois dans cette cohue, l'eau salée dans les yeux, le goût du goudron et du sang, la douleur des coups, Museux sans qui je ne serais pas ici... Que fait-il à Saint-Louis ? Les dernières nouvelles me sont venues de Corréard : le caporal est redevenu paysan, il vit avec une négresse et il a l'air content... « S'il te touche, ce dessin, tu peux le garder. Si tu veux, Jean Baptiste, je te l'offre. Je ne m'en servirai pas, j'y ai repensé cette nuit, la mutinerie ne sera pas dans le tableau final, ce n'était qu'une péripétie... » Théo vient d'entrer. Sa barbe a poussé depuis ma dernière visite. Ses traits sont tirés, creusés. En observant son regard fiévreux, je comprends qu'il est tout entier dans son tableau, depuis des mois reclus dans notre histoire au point de commencer à ressembler à un naufragé.

Il ne veut pas entendre parler de répit, de repos : « Je peins des bribes, des fragments de vous, des instants de votre aventure. Je n'en ai pas encore fixé l'ordonnancement. J'ai à peine tracé les contours. J'ai l'impression d'avoir trop d'images, mais plus j'ai d'images et plus le tri s'impose de lui-même... » Il parle vite, par saccades. A mon air préoccupé, il croit que je m'inquiète de la disparition de la rixe dans le tableau : « Ne te méprends pas, Jean Baptiste ! Loin de moi l'idée de minimiser l'échauffourée qui a failli te coûter la vie, je t'ai assez demandé de me la raconter, mais je ne peux pas tout mettre dans le tableau, alors j'ai choisi de privilégier l'abandon et... l'espoir.

— L'espoir ?

— Oui, l'espoir de survivre, l'espoir infime d'être sauvé dont tu m'as si souvent parlé...

— L'espoir qui m'a empêché plus d'une fois de me jeter tout de suite dans ces vagues glauques, dans cette mer que tu peins avec tant de réalisme...

— Ce n'est pas la mer, c'est l'idée de la mer ! Et je crois avoir trouvé l'idée de l'espoir, en tout cas une façon de le représenter... Une évidence m'est apparue en retravaillant un croquis dont je n'étais pas content. L'espoir, c'est le bateau qui apparaît à l'horizon, *L'Argus* dont vous ignorez s'il vous a vus ou pas, le salut qui approche ou qui s'en va...

Théo me tend trois dessins. Le premier est un lavis brun à l'encre de Chine. Sur la ligne en clair-obscur de l'horizon, *L'Argus* apparaît, comme surgi de nulle part. Le second est une esquisse, un plan plus serré, *L'Argus* plus imposant et plus près, on distingue sa mâture. Le radeau, la mer et le ciel sont peints. Les corps, eux, sont seulement tracés à la plume sauf deux : celui d'un homme debout sur un tonneau et le tronc d'un autre qui le retient. Tous font des signes épuisés en direction du bateau. Le troisième croquis est plus sombre, plus coloré aussi : les personnages, enduits d'une lumière blafarde, agitent désespérément des lambeaux de chemises et d'uniformes en direction de *L'Argus* qui se détache, au loin, sur un horizon noir.

« Mon préféré est celui où l'on aperçoit à peine *L'Argus*. Il faut scruter l'horizon pour découvrir que c'est un bateau. On ignore s'il vient vers nous ou s'il s'en va. L'espoir ou l'abandon, on ne sait pas...

— C'est la réponse que j'attendais, Jean Baptiste, je vais représenter *L'Argus* encore plus lointain, juste un mât et des voiles, presque un point... Presque rien au milieu du néant ! »

CHAPITRE XXXIV

Dans la chaleur épaisse et poisseuse de cette fin de mois d'août, des dizaines de visiteurs se pressent en transpirant sur le parquet encaustiqué du salon de 1819 au Louvre. Brouhaha mondain et enfumé d'un vernissage. Le roi est là, podagre et gras, teint de cire empourpré de couperose, pommettes empâtées, cheveux blancs aux racines jaunies. Bouffissure du menton enrubannée d'une écharpe de soie grège, épaulettes dorées, toutes décorations sorties sur une jaquette qui le boudine. Ses gros yeux ronds marron vont du tableau à la foule obséquieuse qui se presse pour être vue à ses côtés. La dernière fois que je l'ai croisé, c'était lors de l'évacuation de *La Méduse*, il était dans la paille d'une caisse de bois défoncée au fond de l'entrepont. Son lourd faciès de bronze à la sombre patine sortait d'entre les planches brisées comme d'un cercueil profané. Les pillards qui espéraient y trouver je ne sais quel trésor, ou simplement à boire, avaient délaissé la caisse et son contenu. Qu'est-il advenu de cette statue en bronze destinée à trôner en bonne place à Saint-Louis ?

A-t-elle été embarquée sur l'une des chaloupes ? Est-elle restée sur l'épave ? S'enfonce-t-elle désormais sous le sable du banc d'Arguin, ou a-t-elle été refondue et transformée en outils ou en bijoux par les Sénégalais qui l'auront trouvée ? Le frère de Louis XVI servant d'abri aux murènes, de mortier à millet ou de colifichet. Même avec une couronne sur la tête et du sang bleu dans les veines, nous sommes peu de chose !

Si elle n'est guère plus expressive que ces objets, Sa Majesté, la vraie, est là, à quelques mètres à peine de moi, en arrêt devant le tableau de Géricault. J'imaginais que sa suite veillerait à ce que le *Radeau* ne fasse pas partie du circuit de la visite royale, mais je me suis trompé. Louis XVIII, qui sue dans son plastron et s'essuie le front à l'aide d'un mouchoir de batiste, est campé face à la toile. S'il ne dispose pas du recul suffisant pour en avoir une vision globale, il a l'air d'en scruter chaque détail. Sans doute a-t-il lu sous le cadre la plaque imprimée : « Salon de 1819 : œuvre numéro 510 intitulée *Scène de naufrage*. Théodore a été prié par les commissaires du salon de ne pas nommer *La Méduse*. « Nous sommes dans un salon de peinture, ce n'est ni une tribune, ni un prétoire », lui ont-ils expliqué. Peindre des vagues d'accord, mais surtout ne pas en susciter.

Le vieux roi regarde le grand tableau. Le voilà même qui s'enhardit à montrer du doigt un détail de la toile. Sait-il que l'homme agenouillé au premier plan est le peintre Delacroix qui a servi de modèle à Théo ? Sait-il que les deux « félons » qui ont révélé l'affaire y figurent également : Corréard de dos, agitant une chemise, et moi à l'avant du radeau, le bras tendu en direction de *L'Argus* qui n'est plus qu'un infime point à droite sur l'horizon jaunâtre ?

Dubouchage, le ministre de la Marine, lui a écrit, dès qu'il a eu connaissance de l'existence du tableau qu'une telle œuvre « ne devrait jamais être mise sous les yeux des hommes ». Mais son cher Decazes, le ministre de la Police, lui a aussitôt déconseillé la censure : l'interdire c'était évidemment prendre le risque de lui donner plus grande notoriété. Le tableau est donc sous les yeux des hommes, et devant ceux du roi. Il est aussi à portée de regard de l'un de ceux par qui le scandale est arrivé.

Corréard ne viendra pas, il surveille à Londres la réédition anglaise de *Narrative of a voyage to Senegal in 1816*. Notre ouvrage s'est fort bien vendu en Angleterre. Devenu libraire et éditeur Corréard ne chôme pas. L'enseigne de sa boutique dans la galerie de bois du Palais-Royal a changé depuis peu. La « librairie Corréard et associés » s'appelle désormais « Au naufragé de *La Méduse* ». L'endroit est petit mais fort bien placé, les affaires sont florissantes. Corréard a fait de notre drame son fonds de commerce. Un naufrage pour se renflouer, la boucle est bouclée.

Je me moque, mais ne juge pas. D'autant que je profite très largement du succès de l'entreprise de celui qui résume la situation par une formule dont il aime se gargariser : « Nous étions compagnons d'infortune, nous voilà compagnons fortunés. » Le terme est excessif, mais je dois reconnaître que la publication des diverses versions de notre ouvrage m'a mis à l'abri du besoin. Corréard a choisi d'en faire un métier. Je lui donne cent fois raison. Pour ma part, j'avoue que depuis un an je me contente d'en empocher les dividendes.

« Tu sais ce qu'a dit le roi, Jean Baptiste ? » Tout à mes considérations, je n'ai pas vu surgir Géricault. Il est pâle, toujours barbu, épuisé par ces seize mois à vivre comme un reclus avec son tableau. Depuis qu'il en a terminé, il passe à tout instant de la surexcitation à l'abattement profond. Il ne figure pas parmi les artistes officiellement présentés à Sa Majesté, mais m'explique-t-il, un journaliste du *Mercure de France* lui a rapporté ce que Louis XVIII a dit devant la toile : « Il était à trois pas du roi. Il paraît que Sa Majesté a dit à

Decazes, son ministre préféré : “C’est donc ce grand tableau si sombre” et qu’il a ajouté : “Voilà un naufrage qui ne fera pas celui de l’artiste qui l’a peint !” » Et Théo d’ajouter : « Je ne sais trop ce qu’il faut en penser, mais la critique, elle, m’a déjà écharpé, en tout cas ! Je reviens. » Il disparaît dans la cohue en m’adressant un petit signe de la main.

Il est vrai que la critique officielle a déjà daubé sur l’obscurité de la toile après l’avoir découverte au théâtre italien. Chacun s’attendait à des scènes de rixe et d’anthropophagie, or tout est dans les yeux des naufragés qui disent ce que nous avons enduré, ce que nous avons fait et notre espoir insensé. Mais pour s’en rendre compte, il faut prendre le temps d’observer. En ce jour d’inauguration, ce n’est pas le cas des centaines de visiteurs qui donneraient leur chemise pour ressortir à l’air frais. Ils ne voient le *Radeau* que comme une toile parmi les autres. Juste un peu plus grande, juste un peu plus sombre. Sans s’apercevoir qu’elle dit plus qu’elle ne montre.

Moi j’aime, sous son abord académique, cette sombre synthèse de charogne et de chair, de lumière pisseuse et d’ombres goudronnées, d’anéantissement et de folle espérance, d’émotions qui, dans la réalité, commencent déjà à se déliter. Le temps agit sur l’horreur comme le sirop sur les griottes sauvages. Confinés dans le bocal de nos mémoires, les souvenirs les plus acides s'édulcorent. Théo, en peignant l'instantané, est parvenu à en fixer l'acmé pour en laisser la trace. Son tableau dit mieux notre malheur que chacun de nos mots.

17 juillet 1816-19 août 1819... Tout est allé si vite : un seul jour a suffi pour que Gabriele passe de l'amour à la mort. Une soirée pour que je me méprenne et m'enrôle. Une semaine pour nous échouer. Quinze jours pour faire d'un étudiant en médecine un anthropophage. Quelques minutes pour être sauvé. Trente jours pour rentrer... Tout cela additionné fait bien moins que les seize mois qu'il a fallu à Théo pour peindre le *Radeau*. Plus de trois ans déjà que *L'Argus* nous a arrachés à la mort. Que reste-t-il de notre révolte face à l'abandon, de notre hargne, de nos peurs, de nos douleurs, de cet enfer qui nous a rassemblés et déchirés ? Et pourquoi d'ailleurs, dis-je « nous » et non « je » ?

Peut-être parce que le tableau nous réunit de nouveau. Mais dans la réalité, depuis que nous avons posé pied à terre, nous nous sommes vite éloignés. Les uns des autres. Des quinze du radeau, outre Corréard et Lavilette le charpentier, je n'ai pratiquement revu personne. Si l'adversité crée des liens, les nôtres se sont distendus comme l'amarre qui rattachait notre embarcation aux chaloupes.

Cette épopée a failli me coûter la vie, elle me la fait désormais gagner. On peut y voir une forme de justice immanente. En tout cas, ces mois passés à raconter, à trier le magma diffus et douloureux des souvenirs m'ont indéniablement apaisé. J'ai beau baigner chaque jour dans notre histoire, me réveiller souvent en plein cauchemar, il me reste, au-delà de la souffrance, le sentiment d'être un peu différent du commun des gens qui transpirent dans ce salon. Du moins je veux le croire, tout en sachant que s'ils ont entendu parler de notre histoire, les visiteurs du salon de 1819 ignorent évidemment qui je suis et me considèrent sans doute comme l'un d'entre eux. Je ne saurais leur donner tort, je ne cesse de constater moi-même à quel point et avec quelle facilité je redeviens anodin.

Voilà trois ans, mon existence paisible a basculé dans l'enfer. J'en ai réchappé, le quotidien a vite repris son cours ordinaire. Je ne « refais » pas ma vie, elle continue. Gabriele n'est plus là pour la bouleverser. La blessure qu'a provoquée sa disparition se referme et me laisse une longue balafre qui souvent me fait encore souffrir. Mais si les cicatrices restent pour témoigner de la douleur, elles sont aussi, pour qui les touche, d'une infinie douceur. C'est ce que me répète celle par qui je crois que je vais me laisser convaincre. Elle devrait être ici depuis près d'une demi-heure. Je scrute une fois de plus l'entrée du salon, et je l'aperçois, là-bas, à droite, tout au fond. Il semble qu'elle m'ait vu. Comme *L'Argus* du tableau sur la ligne d'horizon, elle fend le flot de la foule et vient à ma rencontre.

Epilogue

« Il ne faut jamais oublier qu'après la terre vient la mer, qu'après la mer revient la terre. »
Dino Buzzati

Après son mariage, Jean Baptiste Savigny s'établira comme médecin à Soubise, près de Rochefort, où il mourra à l'âge de 49 ans. Le fait qu'une rue porte son nom ne doit rien à son aventure, seulement à son passé de maire sans histoire (1826-1834) de cette paisible et peu riante bourgade.

*

Alexandre Corréard abandonnera définitivement sa carrière d'ingénieur géographe pour celle de libraire-éditeur en publiant d'autres éditions de la relation de Savigny. Il lancera *Le Journal du génie civil des sciences et des arts*, s'essayera à la peinture (un portrait de Géricault) et tentera en vain de se frotter à la politique. Il conservera une rancœur procédurière à l'égard des officiers de *La Méduse* et du ministère de la Marine et mourra en 1857 à l'âge de 68 ans, aux Basses-Loges près de Fontainebleau.

*

Hugues de Chaumareys sera libéré après trois ans de détention au château d'Ham dans la Somme. Il tentera en vain et à plusieurs reprises de retrouver son grade et ses décorations avant de se retirer sur ses terres, aux environs de Bellac, où il mourra en 1841.

*

Déçu et affecté par l'accueil fait au *Radeau* au salon de 1819, Théodore Géricault partira pour l'Angleterre où le tableau exposé à l'Egyptian Hall obtient un considérable succès. Transférée ensuite à Dublin, la grande toile attirera plus de cinquante mille visiteurs. Géricault restera plus d'un an en Angleterre où il peindra beaucoup. Rentré à Paris, revenant à cheval de Montmartre pour rejoindre son atelier de la rue des Martyrs, il chutera. Resté accroché à sa monture par la boucle de sa ceinture, il sera traîné sur plusieurs mètres. En 1824, à l'issue d'une agonie d'un an et demi, il décédera, à l'âge de 33 ans, des suites mal soignées de cet accident.

*

A la mort de Géricault, son atelier fut dispersé et des marchands proposèrent de découper le *Radeau* qui s'appelait alors toujours « Scène de naufrage », pour en acheter des fragments, considérant que le grand tableau morcelé en une série d'études anatomiques trouverait alors plus facilement acquéreur. Il fut heureusement vendu à un ami de Géricault qui le céda au Louvre. Là devenu *Naufrage de La Méduse* il subit plusieurs avaries. D'abord la chute d'une échelle (1848) qui fit un trou dans la toile. Puis les premiers outrages du temps dus à un emploi excessif de bitume par Géricault pour accroître l'intensité de ses tons bruns. Ces goudrons qui ne sèchent pas et fermentent sous les couches de pigments craquellent la peinture, l'assombrissent et finissent par ronger la toile. Les dommages de guerre, en revanche, l'épargnèrent. Après avoir échappé à celle de 1870, roulée dans une réserve elle fut en 1939 évacuée en province, dans la Sarthe. En 1945, elle eut droit à un nettoyage avant de regagner le Louvre qu'elle n'a plus quitté. Elle continue de s'y abîmer.

Mais si le tableau se meurt lentement, c'est

évidemment qu'il est toujours vivant. Très visitée, la grande toile bitumineuse rongée par ses goudrons se desquame en plusieurs endroits et ne cesse au fil des ans de noircir. Naufrage dans le naufrage, le *Radeau*, comme ses passagers l'ont fait, se nourrit de lui-même. Et ses couleurs, à l'image des naufragés qui périrent en mer, disparaissent dans l'obscurité des fonds. Une œuvre au noir pour témoigner de cette sombre histoire.

Achevé d'imprimer sur les presses de

BUSSIÈRE

GROUPE CPI

à Saint-Amand-Montrond (Cher)
en avril 2005

N° d'édition : 13775. — N° d'impression : 051805/4.
Dépôt légal : avril 2005.

Imprimé en France

ISBN 2-246-54751-2